AF598864

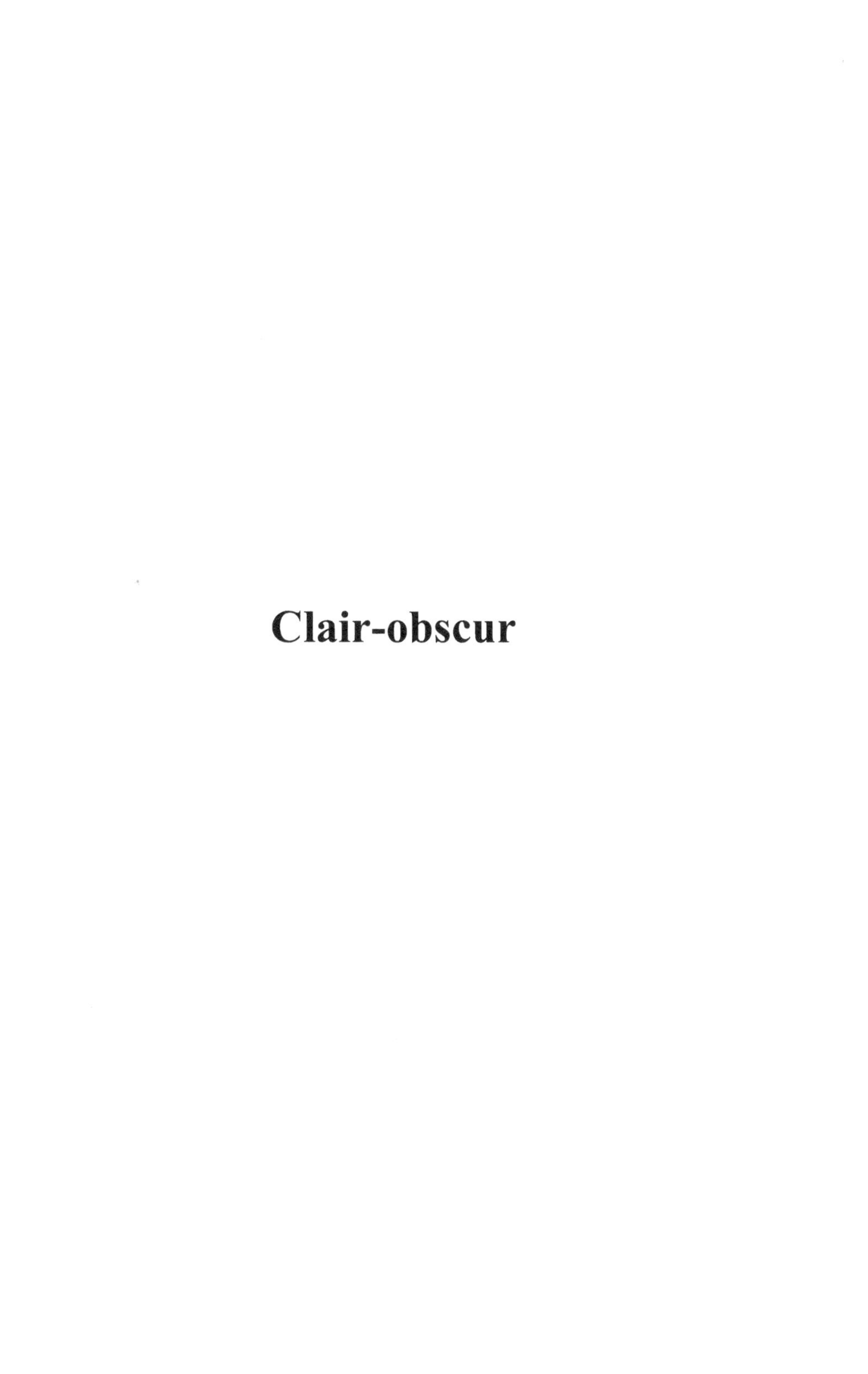

Clair-obscur

Pascale Bonès

Clair-obscur

Nouvelles

© Lys Bleu Éditions – Pascale Bonès

ISBN : 979-10-422-1739-6

Le code de la propriété intellectuelle n'autorisant aux termes des paragraphes 2 et 3 de l'article L.122-5, d'une part, que les copies ou reproductions strictement réservées à l'usage privé du copiste et non destinées à une utilisation collective et, d'autre part, sous réserve du nom de l'auteur et de la source, que les analyses et les courtes citations justifiées par le caractère critique, polémique, pédagogique, scientifique ou d'information, toute représentation ou reproduction intégrale ou partielle, faite sans le consentement de l'auteur ou de ses ayants droit ou ayants cause, est illicite (article L.122-4). Cette représentation ou reproduction, par quelque procédé que ce soit, constituerait donc une contrefaçon sanctionnée par les articles L.335-2 et suivants du Code de la propriété intellectuelle.

À mon père

Chiche !

C'est ainsi qu'a débuté notre aventure…

Nous étions une bande de copains soudés comme les cinq doigts de la main. Il y avait Paul, qui n'en finissait pas de passer son permis et qui, dès qu'il l'a eu, s'est empressé de mettre sa voiture sur le toit ; La Soupe, surnommé ainsi, car été comme hiver, ça sentait la soupe chez lui ; Yaël, lequel, malgré un don du ciel nommé COVID, n'avait pu décrocher son bac ; Dov le plus petit de tous, mais aussi le plus bavard et moi qui pensais basket-ball à longueur de journée et qui faisais croire à ma mère que j'allais augmenter ma moyenne d'anglais en regardant les matches sur BeIN Sport ! Nous avions tous un point commun : nous étions ce qu'on peut appeler communément des geeks. La communication via internet nous intéressait bien moins que les jeux vidéo dans lesquels nous rivalisions de prouesses. *Mortal Kombat* était un jeu d'échauffement, *Call of Duty,* c'était de la rigolade, *Age of empires ou Total war* n'avait pas de secret pour nous, quant à *Street Fighter,* c'était le jeu qui nous permettait de montrer nos muscles… Bref, il ne se passait pas un week-end sans que nous nous réunissions chez l'un ou chez l'autre (tout dépendait des parents qui allaient s'absenter pour la fin de semaine). Le plus souvent, nous allions chez Paul, à la périphérie de la ville, non loin de la gare : la maison était grande et ses parents nous laissaient profiter d'une partie de la demeure à notre convenance. Il suffisait de rapporter des chips, des pizzas, quelques bières et nos manettes pour passer une soirée de dingue.

Ce samedi-là, c'était la veille du 11 novembre, je m'en souviens, car la neige était en avance et de légers flocons dansaient derrière la baie vitrée, nous nous étions mal compris : il y avait des chips, beaucoup de bières et pas de pizzas ! Mais tant que nous avions de la connexion et les manettes, le monde pouvait bien s'écrouler ! Nous avons commencé par *Gran Turismo* avec une bière, avons enchaîné par *GTA* puis par *Carmageddon* avec deux autres bières et avons fini avec *Resident Evil Village*. Nous avions également épuisé la réserve de canettes. La soirée avait été tout simplement parfaite. Mais nous étions en forme : l'alcool énerve un peu... Alors, peu résolus à nous coucher (il était pourtant quatre heures du matin), nous sommes allés jusqu'à la zone désaffectée, celle sur laquelle avait trôné durant des décennies le grand centre commercial Euralille, avant d'être rasé, et qui aujourd'hui abrite l'administration politique « Five Nations for Live », la FNFL. Si l'alcool excite, il faut préciser qu'il rend aussi stupide, et je pèse mes mots. Nous avions en effet décidé d'être urbexeurs pour quelques heures... Face à cette friche commerciale, il y avait de quoi faire. La Soupe voulait explorer les toits ; Yaël, ayant une vague notion du programme d'histoire, voulait qu'on cherche des catacombes ; Paul et Dov étaient plutôt d'accord pour entrer en hurlant et comparer les échos de nos voix. Quant à moi, la bière me donnait le hoquet et le fou rire.

Nous en étions là de nos délibérations lorsqu'au fond du bâtiment principal dont la porte était ouverte de moitié est apparue une lueur verte, une fugitive et dansante lueur verte. Elle a eu pour effet de stopper mon hoquet, mais pas l'énergie de mes copains. « Chiche ! » a crié Paul et, portés par ce cri de guerre, nous nous sommes engouffrés dans le bâtiment en scandant « au fantôme », moi comme les autres. Oui, quand on a vingt ans, c'est un peu stupide de crier ainsi, je le reconnais, mais sur le moment, c'était drôle. Nous voilà donc, les uns derrière les autres, à pousser des cris et à vouloir rattraper cette lumière verte qui avait disparu. Nous faisions un raffut pas possible. L'alcool nous rendait invincibles, très courageux (c'est d'ailleurs la seule fois où nous avons fait preuve de bravoure...) et lorsqu'une autre lumière, rouge cette fois-ci, est apparue à notre droite, nous n'avons pas hésité. Nous avons repris notre course, faisant fi des débris, les enjambant ou les contournant. C'est ainsi que nous nous sommes retrouvés devant une porte close, mais sous laquelle filtrait la lumière rouge. Enhardis par notre folle course, nous nous sommes mis en devoir de forcer cet obstacle. À coups de pied, de poing, sans succès. Aucun de nous n'avait la force de Gon, le bébé tyrannosaure de *Tekken*, mais… nous avions Dov. Il parlait beaucoup et parfois, il réfléchissait. « Une barre de fer pour dégonder la porte, bande d'incapables ! » nous a-t-il fait remarquer, barre qu'il a ramassée non loin de l'endroit où nous nous trouvions. Avec l'aide de La Soupe, il a extrait la porte de ses gonds et nous avons pu entrer. Nous étions encore plus excités par notre victoire et cherchions d'où provenait la lueur rouge lorsque la porte s'est refermée. Oui. Refermée. On l'avait fait tomber et elle s'était refermée. D'un coup, les urbexeurs occasionnels que nous étions, avons trouvé qu'urbexer n'était plus aussi drôle que cela. « My God », c'est tout ce que j'ai pu dire – pardon maman. Je ne sais plus qui a parlé le premier, mais en tout cas, nous étions tous d'accord, il fallait sortir. Le problème est que la porte était bien verrouillée et que seul se trouvait dans cette pièce un escalier. L'obscurité était quasi totale si ce n'est cette lueur rouge diffuse dont on ne pouvait identifier l'origine. Paul, le petit Paul, s'est montré le plus grand et a gravi l'escalier, s'aidant de la lampe de son iPhone 13. Et nous l'avons suivi. L'escalier ne menait nulle part sauf à une trappe que Paul, un peu perplexe, a ouverte. Un à un, nous avons franchi le passage et nous nous sommes retrouvés dans une pièce parquetée. Immaculée. Aucune poussière. Tandis que nous étions accaparés par nos observations silencieuses, un être est apparu. Il ressemblait à Voldo de *Soulcalibur*. Sa tête blafarde, zébrée de rouge, sa cuirasse métallique hérissée de pointes faisaient froid dans le dos mais surtout, cette ombre projetée d'un homme aveugle achevait de rendre la scène effrayante. Je n'étais pas le seul à avoir peur et la flaque sous La Soupe ne m'a même pas fait rire. Paul a alors tendu la main, – mais pourquoi faut-il toujours qu'il cherche à se démarquer ? Parce qu'il est le plus petit d'entre nous ? – et est tombé, comme cela, dans un trou qui venait de se matérialiser ou qui était déjà existant et que nous n'avions pas vu. Nous avons entendu son cri, un long cri de terreur puis plus rien. Ni Paul, ni Voldo, mais à la place, une musique, ou plutôt un chant psalmodié dont on ne comprenait pas les paroles. En tout cas, j'étais sûr que ce n'était pas de l'anglais. Puis une lumière, bleue, cette fois-ci, nous a montré une porte

– encore une –. Nous n'avions pas le choix et Dov a ouvert la porte et la marche. Plus personne ne pipait mot, mais chacun entendait très bien les hoquets de larmes et les reniflements des autres. Ce qui nous attendait dans cette autre pièce jonchée de débris nous a laissés bouche bée. Au milieu des gravats tournait un manège de chevaux de bois. Une folle musique l'entraînait. Puis, le manège s'est arrêté. La pièce nous a semblé soudain plus petite. « Montons », a murmuré La Soupe et le premier, il s'est assis sur un cheval, j'ai enfourché le cheval suivant, Dov et Yaël ont fait de même. Dès que Yaël eut posé ses fesses sur le bois, le manège s'est remis à tourner, lentement d'abord puis un peu plus vite, au son de la B.O. de *Ça*. On n'en menait pas large, chacun s'accrochant tant bien que mal au mât qui maintenait les chevaux en place. Puis, la musique a cessé, le manège s'est arrêté. C'est alors que nous avons vu, assis juste derrière La Soupe, Le Clown tueur du film, lequel est parti d'un rire démoniaque puis a disparu en fumée. La Soupe s'est mis à hurler, ce qui nous a glacé le sang, et s'est enfui par la porte, mais celle-ci s'est fermée juste devant nous, nous séparant de notre ami. De nouveau, un lourd silence s'est abattu. Nous nous sommes regardés à la lumière de nos téléphones, mais les visages que nous observions n'étaient pas faits pour nous rassurer.

« Il faut économiser nos batteries, a ordonné Yaël. Clém et Dov, éteignez vos portables. Je garde le mien allumé. On sort d'ici, coûte que coûte. Il faut retrouver Paul et La Soupe. Je ne sais pas quel taré essaie de nous faire peur, mais on va pas se laisser faire. Clém, tu passes devant, je t'éclaire et Dov, tu tiens ma ceinture et tu suis.

— Pourquoi moi ?

— Tais-toi, Clém, avance. Tu es le plus grand donc le plus effrayant. »

Quel argument ! Si je savais me battre sur un terrain de basket (d'ailleurs, ma mère me faisait toujours promettre avant des matches difficiles, de ne pas utiliser les poings), j'avoue qu'à l'instant même, c'était de la purée que j'avais à la place des muscles. Mais, j'ai avancé. Il fallait bien de toute façon que l'un de nous le fasse. J'ai longé les murs, à la recherche d'une nouvelle ouverture, les bras tendus devant moi. Mais rien. Les murs étaient aussi lisses que la peau d'un bébé. C'était un cauchemar. La sueur me dégoulinait le long du dos. Je me disais que nous allions mourir là – mais où exactement ? – lorsque j'ai senti sous mes doigts un petit déclic. Je ne sais pas si je me suis réjoui. En tout cas, Yaël et Dov avaient aussi entendu. « Pousse », m'a chuchoté Yaël et c'est ce que j'ai fait alors qu'il m'attrapait par le blouson. Et ainsi liés, Dov tenant Yaël par la ceinture, lequel m'agrippait le blouson, j'ai mis un pied devant l'autre, avec précaution. Quel autre piège nous attendait encore ? Je n'ai pas eu le temps de réfléchir bien longtemps, car un vent violent s'est abattu sur nous, nous soulevant dans les airs et nous faisant tournoyer. Yaël m'a lâché, Dov a hurlé et je me suis évanoui.

Lorsque je me suis réveillé, j'avais un goût étrange dans la bouche, celui du sang. Je me suis rendu compte que je m'étais mordu la lèvre. Mes copains étaient là aussi. Ils se réveillaient également, hagards. Paul se frottait la cheville, elle était enflée. La Soupe était blanc comme un linge, il s'est mis debout pour aussitôt s'arcbouter et vomir ses tripes. Dov tremblait de la tête aux pieds et Yaël regardait son Samsung Galaxy S22 cassé. Nous nous sommes soutenus, l'un aidant Paul à marcher, l'autre Dov à se réchauffer ou La Soupe à mettre un pied devant l'autre et nous sommes retournés chez Paul. Il était 5 h 30 du matin. Nous n'étions partis que depuis une heure et demie et j'avais l'impression que des heures s'étaient écoulées.

Chez Paul, nous nous sommes couchés sans dire un mot, mais personne, je crois, n'a dormi. À sept heures, nous sommes repartis chacun chez nous, avec nos manettes, que nous avons rangées au fond d'un tiroir, pour la grande joie de nos parents respectifs. Nous n'avons jamais parlé de ce qui nous est arrivé cette nuit-là. Et je n'ai plus jamais bu une goutte d'alcool.

« Tu as encore peur, papy Clém ?

— Peur ? Non, ma chérie, pourquoi tu me demandes cela ?

— Parce que tu laisses ta lumière allumée la nuit.

— Dors, ma Tinette. Demain, il y a école. »

Grand-père Hicham et la mort

Cela fait un petit moment que grand-père Hicham a mal. Un peu par ici, et puis un peu par là aussi. À vrai dire, quand il y réfléchit, c'est depuis que Colette est morte dans un banal accident de la route. Elle qui était sa joie de vivre s'en est allée, un soir de printemps et depuis, grand-père Hicham a mal. Il a pleuré, il a maudit le ciel, il a refusé de voir ses amis, il est resté de longues heures assis, inerte, dans son fauteuil. Mais cela ne lui a pas ramené son épouse. Alors, il a recommencé à vivre pour honorer sa mémoire, car elle n'aurait pas aimé le voir ainsi, mais aussi pour leur fils, un solide gaillard aux cheveux blonds comme les blés, mais au teint bis comme un bon pain d'épice. Fruit parfait d'un amour hors frontière et hors culture, basané comme seul le soleil d'Algérie peut le faire, et blond, comme sa mère bretonne. Simon. Pour Simon, mais aussi pour Sarah, sa bru, et pour les petits, Max et Inès, grand-père Hicham s'est extrait de son fauteuil, a rouvert les rideaux pour laisser le soleil de Marseille entrer dans le salon, et s'est remis à manger, à marcher, à parler. Mais la douleur n'est pas partie. On dirait même qu'elle a décidé de s'installer, dans ses jambes surtout. Parfois, il n'arrive à être ni assis, ni debout, ni couché. Aucune position ne lui convient. Il marmonne, il bougonne, il soupire, il gémit et il attend que cessent les éclairs lancinants dans le bas du dos. « Sciatique » a dit le médecin, « il faut vous reposer et être patient, cela passera comme c'est venu. » Sauf que cela ne passe pas. En cachette, car il ne faut pas inquiéter les enfants, grand-père Hicham réalise d'autres examens médicaux et le verdict tombe, froid comme un couperet : cancer des os, « à un stade avancé et forme invasive » murmure en baissant les yeux, l'oncologue, comme s'il se sentait responsable de cette bête qui, petit à petit, grignote la vie de son patient. Grand-père Hicham s'est levé, a dit « merci » puis est parti. Droit et fier, s'efforçant de ne pas claudiquer, il quitte l'hôpital et rentre chez lui. Maintenant, assis dans son fauteuil usé, il regarde la photo de Colette, celle qui a été prise le jour de ses 62 ans. « Ma Colette, le temps m'est compté, je ne vais pas tarder à te rejoindre, mais avant, il me reste un pèlerinage à accomplir : je veux de nouveau fouler le sol de mon Algérie, manger les dattes du jardin de Fatima, me régaler du couscous d'Ahmed et me perdre dans le souk. Alors je reviendrai avec un burnous tissé à Mascara, m'allongerai dans notre lit et vêtu de mon manteau traditionnel, j'attendrai que la mort vienne me chercher pour me mener jusqu'à toi. Ne t'inquiète pas, je vais demander à Simon de m'accompagner. »

Quelques jours plus tard, appuyé au bras de son fils, grand-père Hicham embarque pour Alger. Simon ne dit rien durant le voyage : la mer est trop bleue, le soleil trop lumineux. Il ne peut croire que son père effectue sa dernière traversée. Il accompagne Hicham chez Fatima, toujours aussi volubile, et les yeux soulignés de khôl, toujours aussi expressifs. Fatima comprend. Fatima, la petite sœur, a toujours compris, sans qu'on ait besoin d'expliquer quoi que ce soit. Elle serre longuement Hicham dans ses bras, embrasse son neveu et les regarde s'éloigner. Elle ne pleurera pas, pas devant son frère : Hicham mourra en paix, dans l'amour des siens. Chez Ahmed, Simon s'assied en face de Hicham qui picore. Même s'il est toujours aussi savoureux et épicé, le couscous a du mal à passer. Ahmed serre très fort dans ses bras son ami d'enfance et donne une vigoureuse poignée de main à Simon. « Allah est grand, dit-il, il guidera Hicham ». Simon se perd dans le souk et aujourd'hui, quand il y pense, il se demande s'il n'a pas fait exprès de se perdre davantage et d'entraîner à sa suite son père, dans l'espoir de semer la mort. Tentative vaine, il le sait bien, lui qui essuie une larme tandis qu'il se recueille sur la tombe de ses parents. Grand-père Hicham, paré de son magnifique burnous noir, est étendu près de Colette. Hicham est paisible à présent.

La mort est venue une nuit, alors que la lune était haute dans le ciel, alors que les étoiles brillaient de mille éclats. Encapuchonnée, discrète et silencieuse, la mort a pris la main de grand-père Hicham et l'a invité à la suivre. Hicham a souri, Simon qui veillait son père a bien vu ce léger sourire aux coins des lèvres, mais il n'a pas compris. Hicham a inspiré puis a laissé l'air s'échapper de ses poumons. Son maigre corps n'a pas bougé.

Maintenant, la douleur a quitté son père.

Simon esquisse un faible sourire, en réponse à celui de son père sur son lit de mort sans doute, dépose sur la plaque de marbre une branche de figuier pour son père et pour sa mère un lys blanc. Il sait qu'il reviendra souvent, mais en attendant, Max et Inès le réclament. Ils s'impatientent. Simon se hâte. Dans un babillage joyeux, les enfants dégustent le lekach au miel de Sarah, sa belle Israélienne. Sarah sourit. Simon comprend : la vie est belle.

Le secret de Pénélope

Lorsque Pénélope regarde ainsi, chacun sait qu'il ne faut pas l'approcher. Est-ce à sa façon qu'elle a de froncer les sourcils ? D'accompagner son regard d'un imperceptible sourire ? De baisser un peu le menton ? Et Pénélope regarde souvent de cette façon-là, comme si elle voulait tenir éloigné d'elle le plus grand nombre. D'ailleurs, personne ne s'y trompe. On ne peut pas dire que Pénélope soit la fille la plus populaire du lycée. Elle est arrivée il y a un an et depuis, rien n'a changé. Comme au premier jour, Pénélope s'assied à la même place, quelle que soit la salle dans laquelle elle se trouve. Près de la fenêtre, au fond. On pourrait croire qu'elle se cache, qu'elle souhaite se faire oublier, mais pas du tout. Pénélope est brillante. Ce ne sont donc pas ses excellentes notes ni la facilité avec laquelle elle résout les problèmes de mathématiques qui la rendent différente. Alors sa beauté peut-être ? Car Pénélope est bien plus belle que les filles de la classe. Non, il s'agit d'autre chose. On l'a bien senti, nous tous. Nos timides tentatives pour entrer en contact avec elle lorsqu'elle a débarqué, alors que l'année scolaire avait déjà débuté, ont tourné court. On a tous voulu savoir d'où elle venait, mais Pénélope a regardé, de cette étrange façon, chacune et chacun qui s'est approché d'elle. La conversation s'est éteinte dans l'œuf ! Les jours ont passé et l'intérêt pour cette jeune fille au teint blanc et aux yeux d'un bleu si perçant s'est atténué, mais pas pour moi. Parfois, nos regards se croisent et l'éclat de ses yeux, rehaussé par sa chevelure flamboyante, me transperce. Je ne suis pas ce qu'on peut appeler un grand timide, mais avec Pénélope, je perds mes mots, et mon courage aussi. Que peut-elle bien cacher, cette fille à l'étrange accent ? Elle arrive au lycée par un bus de ligne, et non par le transport scolaire. Elle ne mange pas au réfectoire. Elle repart le soir, un peu plus tard que les autres, en voiture. Une femme aux cheveux identiques l'attend, non pas à la sortie du lycée, mais à l'entrée du parc, celui où le dimanche, on croise tous les athlètes d'un jour. Je l'ai un peu observée, ou espionnée… Elle repart dans cette voiture noire, avec sa mère, sans jeter un regard aux alentours. Pénélope est un mystère.

Néanmoins, nous avons, elle et moi, un point commun. Le sport. Nous faisons tous les deux partie du même club d'athlétisme et j'avoue que, lorsque Pénélope est sur la piste, prête pour le 100 mètres, il n'y a pas beaucoup de candidats pour rivaliser avec elle. Elle est comme portée par le vent. Elle donne l'impression de vouloir laisser derrière elle un bagage encombrant. Elle court avec l'ardeur des désespérés jusqu'à l'épuisement.

Ce samedi-là, une fois n'est pas coutume, j'ai été désigné pour occuper le deuxième couloir. Alors que nous étions tous les deux dans les starting-blocks, prêts à en découdre avec l'autre, je me suis relevé :

« Pénélope, sais-tu au moins comment je m'appelle ? Il faut que tu saches aujourd'hui qui va te battre. »

Elle a alors éclaté de rire, un rire cristallin, aussi frais qu'un chant d'oiseau un matin de printemps. C'est ainsi que notre amitié a commencé. Petit à petit, elle s'est laissée apprivoiser. Au grand étonnement des copains de la classe et même des professeurs, j'ai pris place à côté d'elle. Au grand étonnement des filles du lycée, elle a franchi la porte du réfectoire et s'est assise face à moi, avec un plateau-repas. Depuis, nous sommes amis, enfin je suis un peu plus ami avec elle qu'elle ne l'est avec moi, car si Pénélope parle, elle ne se confie toujours pas.

« Pourquoi Pénélope ? » lui ai-je demandé un jour.

« Oh, c'est tout simple. Mes parents se sont rencontrés alors que ma mère effectuait un stage de fin d'études à Toulouse. Elle, l'Irlandaise un peu déboussolée – Ellen si tu veux tout savoir – a trouvé réconfort dans les bras de mon père. Elle est tombée enceinte tout de suite, elle n'avait que 19 ans. Elle est retournée en Irlande. Ils se sont promis de se retrouver et d'appeler leur enfant Pénélope, si c'était une fille, en référence à celle qui avait attendu si longtemps le retour de celui qu'elle aimait. Je suis née à Galway, un matin de fin d'été. Ma mère a pu passer son examen et est revenue en France alors que j'avais quelques mois, mais plus rien n'allait avec mon père. Elle a rencontré quelqu'un d'autre, fin de l'histoire.

— Tu me les présenteras un jour ?

— Qui donc ?

— Tes parents, ton père, ta mère, ton beau-père ? »

Elle m'a regardé de cette façon que je ne connais que trop bien. Cela ne m'a pas pour autant découragé. Il me fallait être patient pour briser sa carapace et lui permettre de vivre pleinement. Ce qui n'a pas tardé. Un soir, après les cours, elle m'a demandé si je pouvais la rapprocher de chez elle, car sa mère, empêchée par une réunion de travail, ne pouvait venir la chercher. Elle habitait un joli pavillon, bordé par un muret le long duquel couraient des roses trémières. Tandis qu'elle se dépêchait de prendre son sac pour sortir de la voiture, la porte d'entrée s'est ouverte sur une petite femme aux longs cheveux noirs et bouclés qui affichait le sourire qu'on destine à ceux qu'on aime. Pénélope a tourné la tête vers moi, inquiète, et j'ai compris.

« Tu ne me présentes pas ta belle-mère ? »

Le bleu des yeux de Pénélope est devenu plus intense, sa chevelure plus lumineuse et son corps s'est détendu. Elle a souri :

« Viens, mes mamans seront heureuses de te connaître, depuis le temps que je leur parle de toi. »

Trois chats

Elle est là, assise dans un vieux fauteuil en rotin, sur la terrasse. Le jour qui se lève la laisse indifférente. Elle ne voit pas comme le ciel est rose, elle n'entend pas le pépiement des oiseaux, elle ne sent pas la fraîcheur du matin sur son visage. Elle somnole. Un frôlement contre sa jambe la tire de sa léthargie. Un chat blanc la regarde de ses yeux verts. Elle sourit. Un sourire triste. Autrefois, elle a eu un chat blanc. Un chat doux à caresser.

— Il t'a aimée comme seul un homme peut aimer une femme.

Elle sursaute. Regarde autour d'elle. S'inquiète un peu. Entendrait-elle des voix à présent ?

— Il t'a aimée et tu l'as aimé comme seule une femme peut aimer un homme.

Cette fois, elle en est sûre, elle ne rêve pas. On lui parle.

Le chat de nouveau se frotte contre sa jambe, quémandant une caresse. Mais la main de la jeune femme reste inerte. Le chat alors se poste face à elle, la forçant à le regarder. Ses yeux plongent dans les yeux du félin et ce qu'elle y entend la stupéfait.

— Vous vous êtes aimés comme seuls deux humains faits l'un pour l'autre peuvent s'aimer. N'oublie rien, mais ne pleure plus. Qui peut se vanter d'avoir reçu autant d'amour ?

Une douce chaleur envahit son corps affaibli. Le chat se lève, s'étire et s'éloigne. Avec le chat blanc partent aussi les images heureuses de sa vie d'avant l'accident. La torpeur la reprend. Elle a dû s'endormir de nouveau, car lorsqu'elle ouvre les yeux, elle est éblouie. Le soleil est à son zénith, mais elle ne sent pas sa brûlure sur son visage amaigri. Elle est surprise par un chat noir qui vient de sauter sur ses genoux et qui se love contre elle. Elle voudrait le chasser, mais n'y parvient pas. Sa main est si lourde. Elle le regarde. Il est rachitique, mais dans ses yeux, un éclat singulier brille. Et de nouveau, elle entend.

— Paul était l'amour de ta vie, mais la mort est venue le chercher. Sans un bruit, elle a emporté celui qui illuminait tes jours et rendait tes nuits si paisibles. Tes cris, tes larmes, ton désespoir n'y feront rien. La Mort ne se laisse pas attendrir aussi facilement. Elle ne te le rendra pas.

De grosses larmes coulent le long des joues de la jeune femme. La douleur étreint son ventre, envahit sa tête. Elle a mal. Le chat noir quitte ses genoux et se glisse sous la haie puis disparaît. Elle voudrait hurler au monde entier sa douleur, mais aucun son ne sort de sa bouche. Elle retombe dans son hébétude. Quand le soleil se couche, elle ne voit pas à quel point le ciel peut être rouge et flamboyant. Elle n'entend pas le grelot des étoiles qui apparaissent les unes après les autres. Elle ne bouge pas. Pourtant, un mouvement inattendu de son vêtement la tire de sa langueur. Elle baisse les yeux et remarque un chat roux qui joue avec le bas de sa robe longue. Il cesse tout à coup et plante son regard dans les yeux tristes de la femme aux cheveux blonds.

— Il t'a aimée, Madeline. Réjouis-toi de celui qui fut et qui a été tien. Avant de s'endormir à tout jamais, il t'a offert un cadeau inestimable : un enfant. Un bambin qui s'étonne du monde, qui joue avec les coccinelles, qui rit devant un papillon et qui s'endort lorsque ta main caresse ses cheveux. Une moitié de lui qui attend que tu te réveilles et que tu reviennes à la vie.

Un frisson la parcourt, elle ferme les yeux. Lorsqu'elle les rouvre, le chat roux a disparu. La nuit est fraîche. Péniblement, elle se lève du fauteuil pour se rendre dans la chambre. Aucune odeur de soupe, de gâteau ne flotte dans la cuisine. À quoi bon…

Bien avant l'aube, Madeline s'éveille. Ses cheveux blonds sont ébouriffés. La robe dans laquelle elle s'est endormie est froissée. Ses paupières sont lourdes encore, mais elle sent en elle une vigueur qu'elle n'a pas ressentie depuis des semaines. Elle traverse la maison avec un regard neuf. Rien n'a changé, mais c'est comme si tout était différent : les meubles patinés sont doux au toucher, les voilages de lin sont légers et s'agitent sous la brise matinale. À travers les volets de la cuisine, l'aube naissante essaie de s'infiltrer. Madeline traverse les lieux familiers puis s'arrête devant la porte d'entrée. Elle sait que quelque chose est en train de se produire, quelque chose qu'elle ne parvient pas à identifier, mais qui inexorablement, la tire vers l'extérieur. D'une main hésitante, elle saisit la poignée puis ouvre lentement la porte. Devant ses yeux ébahis se trouvent trois chatons, blottis les uns contre les autres. Sur le paillasson d'entrée, ils dorment paisiblement. Un geste brusque de sa part risquerait de les faire déguerpir et cela, Madeline ne le souhaite pas. Elle s'accroupit lentement et avec une infinie douceur, elle les caresse à tour de rôle. Un chaton blanc comme neige, lumineux ; un chaton noir comme charbon, endeuillé ; un chaton roux comme feu, vif et flamboyant. Madeline se relève, un sourire aux lèvres. Son visage s'éclaire, son cœur s'allège.

Dans la chambre du haut lui parviennent les babillages de Jules.

Ismaël, par-delà la mer

— Ismaël, Ismaël, où vas-tu donc ?

Je pars loin, loin d'ici. La terre me retient prisonnier, m'empêche de rêver et me contraint.

— Ismaël, Ismaël, pose ton sac et reste près de nous.

— Je veux bien vous laisser mon sac. Je n'en ai pas besoin à vrai dire. Il ne contient rien auquel je ne tienne vraiment.

— Ismaël, Ismaël, regarde-nous. Ne vois-tu pas dans nos yeux à quel point tu nous es cher ?

— Toi, ma mère, sèche tes larmes. Toi, ma sœur, cesse de pleurer. Si je reste ici, mon cœur deviendra aussi sec que le sont les terres que nous cultivons du matin au soir et qui ne nous nourrissent pas.

— Ismaël, Ismaël, nous sommes nombreuses à t'aimer, nous ferons de toi le plus heureux des hommes.

— Aucune mortelle ne saura me donner ce qu'elle me donne.

— Ismaël, Ismaël, tu nous inquiètes. De qui parles-tu donc ? Qu'a-t-elle de plus que nous ? N'aimes-tu pas nos tailles fines ? N'aimerais-tu pas passer ta main dans nos cheveux soyeux ? Ismaël, Ismaël, ne détourne pas les yeux, regarde-nous. Qui est notre rivale ?

— Chères amies, vous êtes belles, il est vrai. Vos yeux sont vifs et vos cheveux brillants, mais vos bras veulent se refermer sur moi, votre cœur veut emprisonner le mien, vos paroles veulent m'endormir et me forcer à une vie étriquée. Je suis Ismaël le Marin, celui qui passe pour mieux repartir. Elle m'attend et je ne peux tarder davantage.

— Ismaël, Ismaël, parle-nous d'elle, qu'au moins nous sachions pour qui tu nous quittes.

— Elle est au bout de la jetée et elle m'attend. Elle n'exige rien de moi, ne me demande rien, mais m'offre tout. Le soir, je m'endors dans ses bras en contemplant les étoiles ; le jour, elle me donne à voir des paysages que vous ne verrez jamais, des îles merveilleuses, des territoires inconnus. Là-bas, tout est luxuriant. Le sable est plus fin qu'ici, le ciel plus beau, les arbres plus verts, la nourriture plus délicieuse, mais ne vous méprenez pas, si je m'arrête, je ne reste jamais longtemps, car elle m'appelle, comme maintenant. Alors, je remonte sur mon bateau, je hisse les voiles et me laisse de nouveau porter au gré de sa fantaisie. Les journées ne sont jamais les mêmes et si parfois, elle se met en colère, si parfois elle gronde, si parfois elle s'agite, si parfois elle cherche à me renverser, je sais que c'est pour mieux s'apaiser. Elle me procure la nourriture et m'invite à côtoyer des créatures plus fantastiques les unes que les autres. C'est alors une symphonie : le chant des dauphins, légèrement moqueur, côtoie celui des baleines, mais celui que je préfère est le chant des sirènes. Il m'émeut, m'envoûte et me transporte. Rien ne surpasse les mélodies de ces princesses des mers. Souvent, je nage pour aller à leur rencontre, mais elles rient. La mer est leur complice. La mer laisse sur ma peau hâlée un goût de sel, plus pur que l'or le plus fin ; elle laisse dans mes oreilles un chant aussi mélodieux que celui des étoiles ; elle dépose en moi un tel amour que mon cœur explose à chacun de ses mouvements. Vous comprenez à présent ? Bénissez-moi.

— Ismaël, Ismaël, nous ne pouvons lutter et nous comprenons. Ne tarde plus, va. Elle t'attend, au bout de la jetée. Aujourd'hui, elle est claire et brillante, le voyage sera beau. Que les vents te soient favorables et que la mer n'oublie pas ta fidélité. Ismaël, Ismaël, garde-nous un peu dans ton cœur. Nous te bénissons.

Natacha

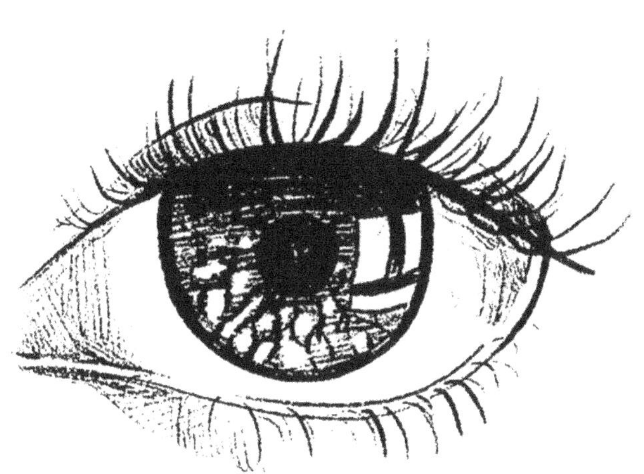

La première fois qu'il la rencontra, c'était un dimanche. Un beau dimanche de juin, en fin de matinée. Comme tous les dimanches, dès que la belle saison revenait, il aimait errer dans ces vide-greniers que les villages de sa région organisaient. Il parcourait ainsi tout le département, dès le chant du coq, afin d'être dans les premiers sur les lieux, non qu'il cherchât quelque chose avec acharnement, ni poignée de porte 1900, ni outil de jardin datant de Mathusalem, ni pare-buffle original ou vitrail certifié authentique. Non, il avalait les kilomètres au volant de sa Fiat, carte routière sur les genoux, – bien que celle-ci, depuis le temps qu'il fréquentait les brocantes, lui fût inutile, – pour avoir le plaisir d'observer les vrais fouineurs, les vrais acharnés des puces, ceux qui, comme lui, se levaient aux aurores, mais qui, à sa différence, étaient en quête de l'objet rare, de l'objet qui certainement changerait leur vie. Perdu au milieu des visiteurs, il avait en outre l'agréable sensation d'avoir une vie sociale. Il était parmi les gens, parmi d'illustres inconnus qu'il s'appropriait par le biais d'un « bonjour » que l'un adressait à l'autre, un bonjour qu'il faisait sien et qu'il se répétait, le soir, lorsqu'il rentrait chez lui, allant jusqu'à mimer une franche poignée de main, d'homme à homme. Il était seul, indéniablement seul, évidemment seul et il passait son repos dominical, quand la saison des marchés aux puces était achevée, dans son petit appartement exposé plein nord. Il attendait que les beaux jours reviennent.

Il errait donc, ce dimanche-là, dans un petit village jurassien où la bonne humeur régnait, les mains dans les poches, se donnant l'air gaillard, quand il la vit. Elle était assise entre deux étals, sur la pelouse et contemplait, de ses immenses yeux verts, le monde qui l'entourait, les hommes qui avançaient d'un pas hardi tandis que leurs épouses, s'arrêtant devant chaque exposant, soufflaient de frustration de ne pouvoir retourner, admirer, débattre du prix de l'objet exposé et se remettaient, de guerre lasse, à trottiner derrière ce mari qui n'avait qu'une hâte, déposer femme et enfants à la maison et partir au PMU du coin, boire une boisson anisée avec les copains tout en sélectionnant soigneusement et justifiant, avec force arguments, les chevaux qui feraient leur richesse.

Elle était assise, sur la pelouse, et ses grands yeux verts absorbaient l'activité humaine ambiante, photographiaient les messieurs qui passaient, les enfants qui couraient, les femmes qui contenaient mal leur fièvre acheteuse. Elle arborait une moue boudeuse, fâchée probablement que pas un ne s'arrêtât devant son étal pourtant bien achalandé. Lui ne vit qu'elle. Elle et ses grands yeux. Elle et sa bouche vermeille, dont la lèvre supérieure était ourlée de perles de sueur. Attiré par le vert de ses yeux immenses, il s'approcha. Il craignit un instant que ce grand baraqué, derrière le stand, ne fût son époux, jaloux de surcroît, mais sa peur s'estompa vite lorsqu'il le vit saisir, par la taille, une frêle jeune femme, toute rose de plaisir et lui déposer dans le cou un tendre baiser. S'armant de courage et bravant les regards curieux des chineurs, il s'avança sur la pelouse et s'approcha d'elle, les jambes, qu'il avait maigres, un peu tremblantes, et les mains moites. La chaleur n'avait rien à voir dans tout cela ni le soleil qui dardait ses rayons implacables sur sa tête peu à peu gagnée par une calvitie héréditaire. Il franchit l'espace qui le séparait d'elle et se planta, face à elle, lui faisant, de son corps malingre, un peu d'ombre. Ses grands yeux verts croisèrent les siens et il crut s'y noyer. Il ne lit en elle aucun dégoût, aucune colère, juste une interrogation muette. Alors, encouragé par son silence, il s'enhardit et lui sourit. Il décerna dans son regard toujours la même perplexité. Poussé par une force inconnue et faisant fi des regards moqueurs qui l'entouraient, il tendit à la belle créature la main, allant jusqu'à effleurer le bout de ses doigts. Elle ne se leva pas d'un bond, comme il s'y attendait, offusquée et criant à l'agression. Bien au contraire. Elle resta là, sagement assise, le fixant, sans sourciller, de ses grands yeux verts. Son cœur se mit alors à battre la chamade. Il chassa, d'un mouvement rapide de la tête, les pensées qui affleuraient son esprit. Il ne voulait pas savoir ce qu'une femme aussi belle, aux formes aussi généreuses, aux lèvres pulpeuses, pouvait faire à cet endroit, seule. Il comprit très vite qu'il n'y avait rien à comprendre : elle aussi était seule. Ils étaient deux âmes solitaires que le hasard avait mis sur le même chemin pour que leurs routes se croisent et n'en fassent plus qu'une. N'écoutant que son cœur, il effleura ses doigts puis délicatement, lui prit la main. Elle la lui abandonna. Il l'invita à se lever, d'une petite secousse, ignorant les regards mi-réprobateurs, mi-amusés des badauds qui le fixaient. Il avait l'habitude d'être raillé. Son physique était loin d'être attirant et si parfois des yeux féminins se posaient sur lui, c'était surtout pour lui signifier à quel point il était justement insignifiant et disgracieux. Mais aujourd'hui, cela ne le tourmenta pas. D'un mouvement rapide, elle déplia ses jambes interminables et se mit debout. Il n'en revenait pas. Lui prenant le bras, il l'invita à le suivre et il remonta la rue, d'un air victorieux, fier de l'avoir à ses côtés. Tout à sa victoire et à son amour naissant, mais il le sentait, puissant déjà, il ne se rendit pas compte que la foule s'écartait à leur passage et leur faisait comme une haie d'honneur. Il la dirigea jusqu'à sa voiture, lui ouvrit, en galant homme qu'il était, la portière et l'installa sur le siège passager. Contournant la voiture, il prit place derrière le volant, mit le contact. La petite Fiat sembla ronronner de plaisir. Tout le long du trajet, il lui parla, lui raconta sa vie, lui posa des questions, n'entendant pas les réponses et c'est ainsi que dans un joyeux babillage, ils arrivèrent chez lui. Il s'excusa d'avoir à lui infliger trois étages à monter. L'immeuble était trop ancien et ne permettait pas l'installation d'un ascenseur. Il était sûr qu'elle comprendrait et d'ailleurs, il lui proposa de l'aider à atteindre le 3e étage sans encombre. D'une main fébrile, il ouvrit la porte de son petit appartement. Et, comme le voulait la tradition, il la prit dans ses bras pour lui faire franchir le seuil. Il en rit un peu. Ils venaient de se rencontrer et il agissait comme s'il venait de l'épouser. Délicatement, il la déposa dans le canapé où elle s'installa confortablement.

À dater de ce jour, son appartement rayonna de chaleur, de clarté, de joie, de musique aussi, car elle aimait beaucoup danser. L'amour imprégnait l'atmosphère. Il partait tôt le matin, pour travailler, quand elle dormait encore, et rentrait tôt le soir pour profiter plus longuement de celle qui, avec ses grands yeux verts et son humeur égale, avait changé sa vie.

Un soir, il rentra plus tôt encore que d'habitude, car il avait un cadeau. On avait remarqué, sur le parking de l'usine où il travaillait, une petite chatte, toute maigre et qui errait. Il eut pitié et décida de l'adopter, pensant que ce petit animal ferait une agréable compagnie à Natacha qui l'attendait, si sagement, chaque jour et qui devait trouver, même si elle ne se plaignait jamais, le temps un peu long. Il se dit aussi que cette minette changerait les idées de sa femme et qu'ainsi occupée, elle cesserait, tout comme lui, de songer à cet enfant tant désiré et qui ne voulait pas arriver. Quand il pénétra dans l'appartement et lui présenta la chatte, il sentit, des deux côtés, de la réticence. L'animal s'enfuit et se cacha sous un meuble, Natacha, quant à elle, posa sur lui ses grands yeux verts. Il la rassura. La minette était seule depuis bien trop longtemps et elle s'habituerait vite à sa nouvelle vie et à la compagnie des humains. Il ne fallait pas que cela la contrarie ou lui coupe l'appétit. Pourtant, elle ne toucha pas à son repas ce soir-là et s'endormit, un peu boudeuse. Les jours se succédèrent et chaque soir, quand il rentrait, il ne pouvait que constater que, décidément, femme et minette ne faisaient pas bon ménage. Il n'était pas rare qu'il dût reprendre des accrocs faits aux vêtements de sa jeune compagne et il avait beau gronder l'animal, cela n'y faisait rien : le chat feulait dès qu'il était dans la même pièce que Natacha. Il se décida alors à rapporter l'animal où il l'avait trouvé.

C'était la dernière soirée qu'ils passaient tous les trois. Un peu chagrin tout de même, il proposa à Natacha d'ouvrir une bouteille de vin et de déguster des fruits de mer, justifiant ce choix par les restes dont il pourrait gaver le chat avant de l'abandonner de nouveau. Natacha n'y vit aucun inconvénient. Elle semblait même plutôt soulagée. Un peu ragaillardi par le beau visage de la femme aux immenses yeux verts, il déboucha la bouteille de Mâcon blanc. Le ploc du bouchon de liège fit sursauter la minette qui, tout affolée, sauta sur les genoux de Natacha et y planta ses griffes acérées. Un nouveau ploc le fit tressauter. Natacha, sa Natacha, se ratatinait sous ses yeux dans un sifflement aigu.

Castrum maris

Tout en posant son équipement à ses pieds, il regarde longuement la vaste étendue qui s'offre à lui. Une brise légère joue avec ses cheveux clairs. Il porte son regard vers dextre, puis vers senestre et se retourne. Il étend ses bras en croix et tourne sur lui-même pour finalement décider que ce sera là, à cet endroit précis, qu'il construira son château, n'en déplaise à tous ces gueux qui, il le sent, voient d'un mauvais œil son choix. Sa décision est prise. Et d'ailleurs, n'est-il pas celui qui décide, dont la parole est ordre ? Ne l'a-t-on pas élevé sur le pavois pour qu'il accomplisse un acte hors du commun ? Si ce n'est dans une cour, alors ce sera autrement. Il a l'âme d'un bâtisseur. Peu lui importe qu'ils le traitent de coqueret, lui se languit déjà d'admirer ce qui sera l'œuvre de sa vie, le château qui gravera son nom dans la postérité. En son for intérieur, il sait que la tâche sera ardue, mais il a la foi et tout le temps devant lui. Le soleil se lève à peine, le ciel est dégagé. Le terrain se prête à merveille à son rêve et dame Nature lui fournit les matériaux simples, mais essentiels pour que son noble projet aboutisse : eau, pierre, sable et bois.

Sans plus attendre, il trace, à même le sol, avec une branche, les limites de la fortification, sans oublier de prévoir les douves et de porter loin les remparts pour permettre à tous de vivre à l'aise dans l'enceinte. Satisfait du plan sommairement tracé, il ordonne à chacun de ses gens de se mettre immédiatement à l'ouvrage. C'est aussitôt l'effervescence : carriers, tailleurs, maçons, charpentiers, mais aussi maître d'hôtel ou plus exactement maîtresse d'hôtel car sans bonne chère, point de force ni courage, s'activent. Le travail avance vite et bien, sous la surveillance de chevaliers postés aux endroits stratégiques. Il est vigilant à ce que son plan soit respecté et chasse, sans demi-mesure, les manants qui osent s'approcher, abasourdis par un tel chantier. Très vite, le donjon s'élève jusqu'à atteindre une hauteur vertigineuse. Une fois que la demeure seigneuriale est érigée, on s'attaque à la muraille. Celle-ci se doit d'être épaisse et haute, afin d'offrir un abri sûr à la valetaille, aux vilains, même aux serfs – car grandes sont sa largesse et sa magnanimité – qui n'hésiteront pas à affluer en cas d'assaut. Il double en conséquence les matériaux pour doubler l'épaisseur du mur d'enceinte. Puis il veille à ce que les tours d'angle et de flanquement, reliées par des courtines crénelées, participent à la solidité de l'ensemble. L'air est chargé d'humidité, comme toujours dans cette partie du pays, mais cela n'entame ni sa bonne humeur ni la curiosité des manants qui rôdent, dans l'espoir sans doute de participer à l'édification de cette forteresse qui s'inscrira dans les mémoires ou d'obtenir, en échange du labeur fourni, une galette de sarrasin. Cependant, il est, sur ce point, intraitable : seuls sont autorisés à bâtir la citadelle, ses gens dûment sélectionnés pour leur courage, leur force et leur ténacité à la tâche. Ses fidèles, comme il aime les nommer. Motivant ses troupes par des louanges et par des mets simples, mais nourrissants, il obtient d'eux un travail rapide et efficace. Ainsi le château prend-il forme à grande vitesse et il s'en émerveille. Il ne s'économise d'ailleurs pas à la tâche, arpentant le terrain, portant des seaux de sable et d'eau, déplaçant des pierres, regroupant le bois. Il est à l'affût de la moindre anomalie, de la moindre faiblesse dans la structure qui la menacerait d'effondrement avant même son achèvement. Ses épaules commencent à le faire souffrir, mais il suffit qu'il entende, au lointain, comme murmurée juste pour lui, la chanson d'amour, qu'il reconnaisse entre toutes, la voix aimée, pour qu'un regain de courage s'empare de lui et efface les tensions musculaires. Il redouble alors d'efforts et encourage de plus belle ses ouvriers, compagnons et apprentis, lesquels, sous l'effet de la chaleur, ont fait tomber la capuche. Régulièrement, on lui apporte une boisson légèrement pétillante et délicieusement sucrée, car le soleil tape dur, mais également de petites gourmandises au beurre salé, spécialement confectionnées dans ce petit coin de Bretagne, terre de ses ancêtres, ô combien valeureux ! La femme, aux cheveux aussi blonds que les siens, surtout, est aux petits soins pour lui. Il faut dire qu'il ne connaît qu'elle depuis qu'il est tout petit. Il sait par cœur ses gestes, son odeur, son sourire, la chaleur de son sein. Lorsque les yeux bleus de la femme se plantent dans les siens, il est sûr que rien ne peut l'atteindre. Elle est sa dame protectrice. Elle n'est jamais bien loin, veillant sur lui comme une louve veillerait sur son petit.

De loin, il lui renvoie son sourire et se baisse pour attraper à nouveau le seau afin de le remplir, mais son regard est attiré par l'humidité du sol. Il ne veut pas y prêter attention, s'éloigne pour remplir le récipient, mais en chemin, son cerveau a sonné l'alerte. Il dépose l'outil à ses pieds et regarde de plus près le terrain. Effectivement, celui-ci est humide et par endroit, véritablement gorgé d'eau. Il s'accroupit, pose sa main sur le sol, se laissant imprégner par lui puis prélève un peu de matière qu'il égrène entre ses doigts. Il se redresse et revient sur ses pas, lentement, essayant de se rassurer. Il a pourtant été très scrupuleux quant au choix du lieu de construction, mais il faut croire qu'il ne l'a pas été assez. Il se rend vite compte que ce qu'il craint se révèle être une réalité. L'eau, tellement nécessaire à toute forme de vie, mais à ce moment-là, tellement détestée, prend possession de l'endroit. Ici et là, d'énormes nappes se forment. C'est, sans conteste, œuvre du diable. Il connaît nombre de jaloux, et suppose quelque sorcellerie pour l'empêcher de mener à terme son ambitieux projet. Il met sa main en visière, scrute le chantier et sans se départir de son calme, bien qu'au fond de lui saille une sourde angoisse, il réorganise les tâches de chacun. Il double les équipes de compagnons maçons, n'hésitant pas un seul instant à se lancer à corps perdu dans cette course contre la montre. Le soleil est bien haut et darde de ses rayons son crâne, pourtant protégé du couvre-chef traditionnel. Ahanant, il creuse encore et encore, imagine des fossés pour stocker l'eau, et d'autres pour l'évacuer, comble des cavités, prévoit des renforts de bois, renforce les murailles… Sa troupe, fidèle et appliquée, assiste, impuissante, au combat inégal entre l'eau et leur seigneur. Telles des statues, ses chevaliers, ouvriers, apprentis, sont là, les bras ballants, et regardent, effarés pour certains, hypnotisés pour d'autres, l'eau monter, toujours un peu plus. Parfois, elle leur arrive aux mollets et le maître, torse nu à présent, court d'un endroit à l'autre. Il a beau exiger qu'on renforce les murailles et qu'on creuse plus profond les douves, l'eau continue de monter, grignotant et affaiblissant les bases de l'enceinte extérieure. Le donjon, seul, se dresse, fier, au milieu de la panique qui, petit à petit, gagne les ouvriers. Même les gueux s'en sont allés, trop peureux pour assister à l'effondrement du château. Car il s'agit bien de cela, de la mort, à court terme, de cette construction fortifiée qui n'aboutira finalement pas… Mais lui refuse de baisser les bras, refuse de capituler. Il exige, ordonne, fulminant contre la traîtresse qui va finir par détruire son œuvre et certainement, les engloutir tous. Il rage de voir ses hommes inertes, incapables du moindre geste. Et l'eau continue son lent travail de sape. L'ennemi est partout et nulle part à la fois. Quand on le croit ici, il s'infiltre là. Quand on pense l'avoir repoussé, il s'est glissé et a creusé une brèche. Quand on souffle de le voir reculer, on se rend compte que ce n'est qu'une manœuvre perfide pour prendre plus d'élan et plus de force. Il mande le magicien et dans son impatience, part à sa recherche. Il le trouve derrière une pile de bois et dans l'incapacité la plus totale de lui fournir une explication. Il le prie alors de mettre au point un sortilège de protection ou de prononcer des incantations, bref, d'avoir recours à la magie pour le sauver, pour les sauver tous et sans attendre de réponse de sa part, il retourne sur le chantier. L'eau, à présent, est partout. Le péril grandit à mesure que le sable s'écoule dans le sablier. Tous, ses chevaliers, ses ouvriers, lui-même, par malchance ou sous le coup d'un sort maléfique, s'exposent à une mort imminente, si n'est par la chute d'un pan de mur, alors par noyade, car c'est diablerie que cette élévation aquatique. Nul doute qu'en ces lieux qu'il croyait bénis par ses aïeux, règne un envoûtement d'autant plus dangereux qu'il est pernicieux et mystérieux. Dans son esprit brumeux se forme l'idée d'une trahison : un de ses ancêtres a-t-il failli pour qu'à ce jour, au terme de tant de labeur et de souffrance, l'ensorcellement surpasse ses prières ? Pourtant, il n'a manqué aucun office religieux. Entouré des siens, chaque dimanche, il s'est rendu à l'église, toujours aussi intimidé face à la solennité que dégage l'édifice, se sentant tellement petit, tellement insignifiant quand retentissent les chants dans la fumée de l'encens, tellement impressionné quand la lumière joue avec les vitraux colorés…

Il y a urgence, il faut agir, et vite ! Fi de son œuvre ambitieuse, à présent, seule la vie prévaut. Cela est un véritable crève-cœur quand il fait sonner le tocsin. Il regroupe à l'abri ses hommes. Il les connaît tous et évalue, d'un œil expert, leur nombre. Il est soulagé, personne ne manque à l'appel, pas même le magicien qui ne lui a été d'aucun secours, il saura s'en souvenir. Les outils sont amoncelés, en lieu sûr. C'est l'hébétude générale.

« Arthur, il est l'heure de rentrer à présent. Papa nous attend certainement à la maison. Tu as sauvé toutes tes figurines ? La mer est montée vite aujourd'hui, tu ne trouves pas ? Arthur, tu sais, il était bien beau ton château. »

Rita

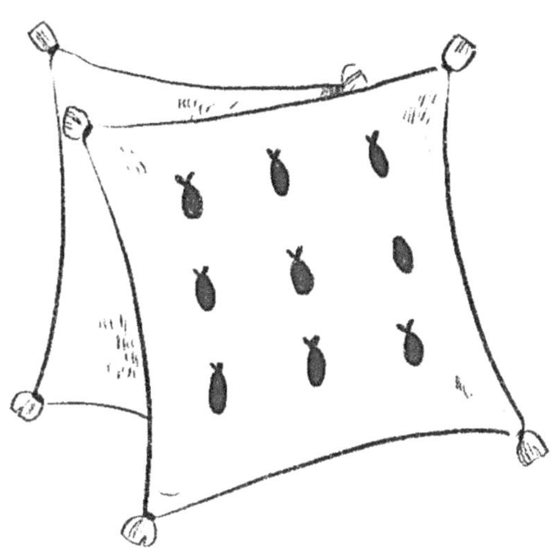

J'ai peur. J'ai beau me concentrer, les noms se mélangent. J'ai peur de me tromper. D'appeler l'un par le nom de l'autre. S'il n'y avait que les noms, ça passerait, mais il y a les dates. Pire. Il y a les lieux aussi que j'associe avec un nom ou une date. C'est un peu un puzzle, mais un drôle de puzzle puisque toutes les pièces s'emboîtent sans distinction aucune. Les noms se superposent à d'autres noms, les visages remplacent d'autres visages, les odeurs supplantent d'autres odeurs et toutes les situations que je me remémore, toutes les histoires que je me raconte, toutes conviennent. Pourtant j'ai été fidèle. Et si j'ai trompé, je l'ai fait, poussée par une force qui m'était supérieure. J'ai aimé, oui, j'ai aimé. Intensément. Passionnément. Trop sans doute pour une aussi petite chose telle que moi. Mon cœur a bien souvent failli exploser. De joie. D'amour. De reconnaissance. Je me suis toujours attachée à me montrer digne des attentions qu'on me portait. Est-ce un mal ? Est-ce cela qui m'a valu ma déchéance ? J'étais fringante, toujours pomponnée, toujours joyeuse aussi. J'attirais les hommes comme le miel attire les abeilles. Il est vrai que je me plaisais dans ce rôle de tentatrice. Il m'arrivait parfois… comment dit-on déjà ? De tourner les fesses afin qu'on me remarque davantage, que du lot, on ne voie que moi. Cela m'a toujours réussi. J'ai donné presque autant que j'ai reçu. Mon corps s'est alangui sous les caresses, mes paupières se sont doucement fermées sous les voix chaudes, mes membres se sont détendus sous les mains flatteuses. Mais le temps a passé. Aujourd'hui, je me traîne un peu. Mes mouvements sont plus lents et je ne me déplace plus aussi facilement. Mais la joie qui m'inonde quand il arrive reste la même. S'en rend-il seulement compte ? J'aime le croire. Je pense que je mourrais de chagrin si un jour il décidait de se tourner vers une plus jeune. Alors je déploie une énergie hors du commun pour lui montrer à quel point je lui suis proche. Cela le fait rire et il me gronde gentiment, me demande de le laisser quelque peu tranquille, mais je reviens. Je suis comme cela. Quand je donne, je me donne entière. Sa main se pose sur mon corps et m'étreint, mais d'un coup, s'arrête. Je sens que quelque chose ne va pas. Il me pousse légèrement, m'éloigne de lui.

« Alex, ça suffit maintenant. Je ne supporte plus ce sac à puces. Débarrasse-t'en au plus vite ou je le fais moi-même et ce n'est pas à la SPA qu'elle atterrira, crois-moi ! »

Le chapeau

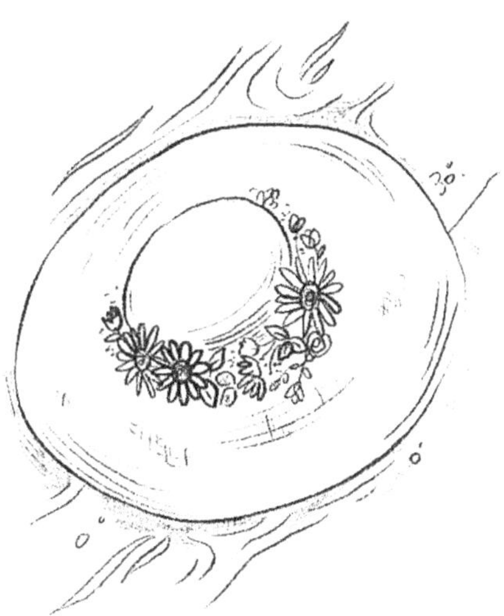

85 ans. Simone a 85 ans et quelques semaines et elle ne s'est jamais sentie aussi bien. Sa maison est coquette sans être ostentatoire. Elle est surtout très fière de ses roses qu'elle cultive avec la patience d'une mère. Dans les yeux de Simone, il y a un million d'étoiles qui pétillent, comme les bulles d'un bon champagne, qu'elle sait déguster entourée de ceux qu'elle aime. Et aujourd'hui, justement, ceux qu'elle aime plus que tout ont décidé de venir lui rendre une petite visite.

« Ne prépare rien, maman, ne te donne aucun mal. On s'est dit avec Rosie et Sabine que ce serait sympa de venir prendre un café dimanche. En plus, la météo s'annonce belle et si ça peut te rassurer, Rosie a dit qu'elle préparerait une tarte à la rhubarbe et Sabine qu'elle apporterait les petits sablés que tu aimes tant. Alors tu vois ? On se dit à dimanche ? »

Et dimanche est là. Simone a mis sa jolie robe fleurie, son petit collier de perles que Louis lui a offert pour formuler sa demande en mariage. Il n'a jamais rien fait comme les autres, Louis. Il lui a dit que chaque perle correspondait à une future année de vie commune. Ils ont compté ensemble en buvant une coupe de champagne. Il y avait 62 perles nacrées.

« Alors ? Es-tu prête pour 62 années avec moi ? » Et il a pleuré Louis, quand Simone lui a dit « oui, bien sûr que oui ! »

Simone sourit en remettant en place une mèche rebelle de ses cheveux blancs. Elle se regarde dans son grand miroir. Elle était jeune alors quand son Louis lui avait tendu la boîte enrubannée. Ses mains tremblaient et ses yeux brillaient. Simone l'aurait suivi au bout du monde s'il l'en avait priée. Ils se sont unis rapidement et les années se sont succédé, ponctuées par la naissance d'Isabelle, puis par celle de Rosie, deux ans plus tard et enfin par celle de Sabine, l'année suivante. La vie était tout simplement joyeuse. Courageux, Louis avait fait en sorte que ni Simone ni leurs trois filles ne manquent de quoi que ce soit. Il était artisan tourneur sur bois et s'était rapidement fait un nom grâce à la qualité de son travail. Il s'était spécialisé dans les objets utilitaires comme les saladiers, les bols, les boîtes qu'il façonnait dans du hêtre, du cerisier ou du frêne. Sa clientèle, aisée, assurait au jeune ménage de bons revenus. Une fois par an, Louis emmenait son épouse en voyage en France, dans leur Peugeot 203, puis très vite, un, deux et les trois enfants ont aussi fait partie des bagages. Simone a ainsi découvert la Bretagne, Le Massif central, les Vosges, la Méditerranée, mais s'ils étaient heureux de partir « en expédition », comme ils s'amusaient à le dire, ils étaient encore plus heureux de revenir dans leur Jura natal, là où tout avait commencé et où tout finirait. Au bout de 62 années d'un mariage sans ombre, sans dispute, sans heurt, au bout de 62 perles, Louis avait tiré sa révérence. Un matin, il ne s'était pas réveillé. Simone l'avait regardé et avait tout de suite compris. Louis souriait quand la mort était venue le prendre et c'est cette image-là qu'elle garde depuis au fond d'elle : l'image d'un homme souriant, débonnaire, légèrement taquin et tellement amoureux.

Cela fait trois ans que la maison est un peu grande, mais Simone, par amour, s'est juré de rester celle qu'elle a toujours été, vive et joyeuse. Et c'est dans cet état d'esprit qu'elle s'apprête à recevoir ses filles, leurs conjoints respectifs et ses cinq petits-enfants. Aussi est-elle très surprise quand elle ne voit qu'une voiture se garer devant chez elle et encore plus d'en voir descendre uniquement ses filles. Celles-ci agitent les mains, mais Simone sent bien que quelque chose cloche. Elle les accueille néanmoins avec un grand sourire et s'enquiert de la santé de chacun de ses gendres.

« Et les petits ?

C'est Isabelle, l'aînée, qui répond. Elle a toujours eu plus de caractère et cela n'étonne pas Simone qu'elle explique, au nom de ses sœurs.

— Les petits, les petits ! À 16, 18 et 19 ans, tu sais bien qu'ils ont autre chose à faire, les petits. Si tu veux tout savoir, Léandre est avec ses copains à un escape game, Charlotte et Emma sont au cinéma,

Hugo révise pour son bac. Quant à Maximilien, eh bien… Je ne sais pas. Il est où Max, Sabine ?

— Avec sa petite copine du moment, mais ne me demande pas son prénom ! »

Et Sabine souffle tout en levant les yeux au ciel. Maximilien est le plus turbulent des cousins et il lui donne bien du fil à retordre, mais au fond, c'est un bon gars. Juste un peu perdu, comme d'autres jeunes de son âge.

Les trois sœurs flânent au milieu des roses, s'exclamant de leur variété et des couleurs. Elles félicitent leur mère et bavardent de tout et de rien. Simone s'impatiente même si elle ne laisse rien paraître. De la famille, elle est la seule à avoir toujours pris beaucoup de plaisir à brasser la terre et l'attitude de ses filles la laisse perplexe, mais elle attend. Comme elle dit toujours, « tant qu'on ne sait pas, on va bien ». Puis Isabelle décide qu'il est bien temps de boire le café. Elle décide d'installer la table à l'ombre du grand sapin tandis que Rosie coupe la tarte en parts plus ou moins régulières et que Sabine dispose les sablés. Isabelle s'engouffre dans la cuisine puis revient peu de temps après avec un plateau chargé de tasses, de petites cuillères, d'assiettes, sans oublier le sucre roux. Ce goûter printanier et dominical aurait pu être un régal si ce n'est cette sourde angoisse qui étreint le cœur de Simone. Elle sirote lentement son café, grignote un sablé, fait de sa part de tarte de la charpie. Ses filles ne sont pas plus gourmandes qu'elle et finalement, c'est Rosie qui se lance.

« Maman, il faut qu'on te parle. La maison est bien trop grande pour toi et nous sommes inquiètes. Tu comprends ?

Non. Simone ne comprend pas. Elle regarde tour à tour chacune de ses filles. L'aînée au caractère trempé qui, en ce moment, fixe le bout de ses chaussures ; Rosie, la frêle et blonde Rosie, qui murmure à présent et Sabine, dont les yeux brillent anormalement.

— Maman, on se fait du souci pour toi et d'un commun accord, on a décidé que tu viendrais habiter dans le bas.

Voilà, c'est dit.

— Habiter dans le bas, près de chez vous ? Mais je suis bien ici. Et puis, qui s'occupera de mes roses ? Vous en dites des bêtises, quand vous vous y mettez !

Et Simone rit, mais son rire sonne faux.

— Oh, tes roses, maman, s'énerve Rosie. Il y a plus important, tu ne crois pas ? Imagine, tu tombes. Qui va venir te secourir ? Et puis, si tu as un malaise la nuit ? Ou si tu oublies d'éteindre la gazinière ? Et il fait si froid ici, la neige, le gel… Maman, c'est plus possible.

— Rosie a raison, il faut te rendre à l'évidence, renchérit Isabelle, tu n'es plus capable de rester seule. On en a vraiment beaucoup parlé et on est tous d'accord. On a d'ailleurs pris de premiers contacts et tu as bien de la chance, car plusieurs chambres sont libres à la Résidence des Lacs. On a rencontré le directeur, précise l'aînée des filles, tu aurais un T2 et tu pourrais prendre quelques meubles. Tu serais autonome, comme ici, mais proche de nous, dans un espace sécurisé avec du personnel en cas de souci.

— Ce ne sera pas trop cher, car en vendant la maison, cela t'assurera de quoi payer le loyer régulièrement et te laissera encore de belles années devant toi, reprend Rosie, qui, décidément, étonne Simone.

Rosie qui ne dit jamais rien enchaîne les arguments.

— La chambre est réservée. Nous avons au plus six mois pour emménager dans un cadre idyllique, face au lac. Tu imagines ? Toi qui as toujours aimé nager. C'est pas super ?

— Tu seras bien là-bas, maman », ajoute Sabine, en essuyant furtivement une larme.

Simone en reste bouche bée. Elle s'attendait à tout, quand elle les a vues descendre de voiture, à tout, mais pas à cela. Elle n'a pas de mots, car elle ne sait pas ce qu'elle ressent. De la colère ? De la tristesse ? Du désarroi ? Un peu de tout, sans doute. Devant le mutisme de leur mère, chacune des filles se lève en emportant à la cuisine, qui les tasses, qui la tarte à peine entamée, qui la cafetière. En un rien de temps, la table est même replacée contre le mur de la maison. Simone les regarde s'affairer, effarée. Puis, pour couper court à toute remarque, toute opposition, Rosie, la première embrasse sa mère, l'encourageant à se rendre à l'évidence. Isabelle lui demande de bien réfléchir et d'admettre que c'est la meilleure des solutions. Quant à Sabine, elle renifle dans le cou de Simone. La voiture démarre. Un dernier coup de klaxon et Simone se retrouve seule, plus seule qu'elle ne l'a sans doute jamais été. C'est en traînant les pieds qu'elle rentre chez elle et ferme à double tour sa porte, ainsi que les volets. En deux heures, elle a vieilli de dix ans. Sans souper, et alors que le soleil n'a pas éteint ses derniers rayons, elle se couche et soudainement, se met à pleurer, à gros sanglots. Et Louis qui n'est pas là.

Le matin retrouve Simone plus petite et plus fragile qu'elle ne l'est réellement. Elle ne comprend toujours pas, mais elle sait néanmoins que ses filles reviendront à la charge, ce qui ne manque pas d'arriver, deux jours plus tard.

« Alors maman, tu as réfléchi ? Tu es d'accord, n'est-ce pas ? »

Simone marmonne une réponse à Isabelle puis raccroche, prétextant un soufflé au fromage. Mais c'est sans compter la solidarité fraternelle, car dès le lendemain, c'est Sabine qui appelle et supplie sa mère de donner son accord.

Ce manège dure deux mois entiers et ses filles reviennent chaque dimanche avec les époux et les petits-enfants qui, tous, tiennent le même discours. La sécurité, le climat plus doux, la proximité…

Finalement, à bout d'énergie, Simone capitule.

En septembre, alors que d'autres font leur rentrée scolaire, Simone, elle, fait sa rentrée chez « les vieux ». Les premiers temps sont durs, il ne faut pas se mentir. Simone, la pétillante Simone, a du mal à trouver ses repères, mais finalement, petit à petit, et parce qu'elle est comme cela, Simone, vive et vindicative, elle décide de prendre sa nouvelle vie à bras le corps. Louis n'aurait pas aimé la savoir triste et puis elle a accepté pour rassurer leurs filles. Elles ne l'ont pas emmenée de force non plus ! Alors, chaque jour, Simone s'investit davantage. Elle participe aux cours de gym, est lectrice-bénévole à la médiathèque de la ville. D'accointance avec le jardinier de la résidence, elle s'occupe des rosiers. Les fleurs ne sont pas aussi belles que celles qui ornaient son grand jardin, mais elles font l'affaire, elles lui permettent d'être en communion avec la terre. Chaque mercredi, elle va au cinéma et chaque dimanche, à la messe. Elle n'est pas vraiment croyante, mais les vitraux de l'église renvoient une si belle lumière que cela vaut bien une heure à écouter le sermon du prêtre. Dès qu'il fait beau, Simone descend jusqu'au lac nager puis elle remonte jusqu'à la Résidence. Invariablement, elle fait une pause au bar de la Fontaine. Assise en terrasse, elle regarde les gens passer, elle regarde la vie bruyante défiler devant elle.

Les mois s'écoulent ainsi, dans une nouvelle routine, Rosie et Sabine tiennent leur promesse et rendent visite effectivement très régulièrement à leur mère. Isabelle, très prise par son poste de direction, vient dès qu'elle en a la possibilité, mais l'appelle tous les deux jours. Même les jeunes viennent la voir et cela n'a pas de prix.

Cinq années s'écoulent. Malgré sa bonne humeur et son énergie, Simone sent les murs se resserrer autour d'elle. Le lac est toujours aussi beau, mais les montagnes lui font cruellement défaut. Les roses fleurissent, mais les sapins lui manquent. Elle s'essouffle un peu plus vite et mange un peu moins. Appelé pour une banale rhinite, le médecin la perce à jour.

« Vous savez bien que tôt ou tard, il aurait fallu quitter votre grande maison. Vos filles ont agi pour votre bien. Ce n'est pas maintenant que vous allez déprimer, n'est-ce pas Simone ? »

Simone a 90 ans et elle étouffe dans son petit appartement. Le mois d'août touche à sa fin, l'air est alourdi par la chaleur. Simone revêt sa robe blanche à marguerites jaunes. Sur sa tête, elle dispose le chapeau assorti afin que le soleil ne brûle pas sa peau devenue fragile par les ans. Elle se rend au lac. Elle salue en passant quelques voisins de résidence et d'un pas alerte, prend la route qui mène au lac. Au carrefour, elle discute avec une automobiliste qui s'est arrêtée pour lui dire à quel point elle est belle. Simone sourit.

« Merci beaucoup, répond-elle. Mais si j'ai un conseil à vous donner, profitez de la vie. Si vous saviez comme elle passe vite. Je vais nager. J'ai toujours aimé nager, vous savez ? J'ai 90 ans.

— Vous ne les faites pas.

L'automobiliste est sincère. Simone reprend :

— Je suis au foyer-logement, depuis 5 ans déjà. J'habitais le Haut, dans une grande maison. Je voyais la forêt se transformer chaque saison et puis j'avais de belles roses. Ce sont mes filles qui ont voulu que je vienne habiter là, précise Simone en haussant imperceptiblement les épaules. Ça les rassure, mais moi… J'ai eu une belle vie, vous savez, je ne me plains pas.

Les deux femmes se quittent sur un sourire. La conductrice regarde Simone s'éloigner, négligeant l'automobiliste qui, derrière elle, commence à s'impatienter. Simone est si belle dans sa robe à fleurs jaunes, si coquette avec son chapeau… Elle semble si légère, presque aérienne.

— Je m'appelle Juliette !

— Et moi, Simone. »

Le surlendemain matin, alors que le chat fait la statue devant le réfrigérateur pour obtenir sa tasse de lait, Juliette parcourt rapidement la presse. Un fait divers l'intrigue, qu'elle se met à lire avec anxiété. Il est écrit qu'une résidente du foyer-logement de la ville est portée disparue. Seul son chapeau blanc à marguerites jaunes a été retrouvé sur la berge du lac, posé à côté d'un sac de plage. La gendarmerie émet l'hypothèse d'une noyade, des pompiers-plongeurs sont à la recherche du corps.

Juliette frémit. Elle sait au fond d'elle que Simone ne s'est pas noyée par accident. Ce haussement d'épaules, la belle vie exprimée au passé, les sapins… Elle sait que Simone a simplement choisi de recouvrer sa liberté.

Racines

Il remonte le col de son pardessus et fourre ses mains au fond de ses poches. L'air est vif et la bise, qui lui gifle le visage, achève de le glacer. Depuis qu'elle est partie, il a toujours froid. Les derniers temps, il avait baissé les bras face à ce qu'il ne comprenait pas ou n'admettait pas. Il ne sait pas s'il le regrette, les pensées n'arrivent pas à se former dans son esprit embué de chagrin. Il s'arrête un instant, afin de reprendre son souffle. Cela ne fait qu'une poignée de minutes qu'il grimpe et déjà, l'envie de capituler le prend, surtout lorsqu'il lève la tête pour évaluer la distance qui le sépare du sommet. Cette montée est plus raide que dans ses souvenirs et il se demande s'il ne serait pas plus raisonnable de rebrousser chemin. Que va-t-il trouver là-haut ? Rien ni personne. De plus, il n'est pas du tout équipé pour une telle ascension, mais le silence de la maison l'a fait fuir. Il n'y a rien de plus triste que des pièces sans odeur, sans bruit. Il n'y a rien de plus angoissant que d'attendre, assis dans un fauteuil, que la nuit s'achève. En proie à ses démons, ne voulant surtout pas réfléchir ni comprendre, n'ayant qu'une envie, celle de hurler, il a préféré chausser sa vieille paire de baskets et s'enfuir de chez lui. Sa chemise colle maintenant à sa peau, sous l'effet de l'effort, et le gêne aux emmanchures. Elle rirait, si elle le voyait ainsi vêtu et chaussé et ne manquerait certainement pas de souligner sa stupidité et son inconscience, mais elle n'est pas là. Il lui en veut terriblement. Il a en lui une colère qu'il n'arrive pas à contenir et comme un loup blessé, il crie et maudit le ciel et la terre, les hommes et les arbres, sa faiblesse et sa douleur. Où est passé celui devant lequel on s'effaçait ? Elle l'a quitté.

Quand il prit ses fonctions au sein de cette entreprise spécialisée dans la construction de complexes hôteliers de luxe, il faut reconnaître qu'il n'était pas très à l'aise, mais sa rencontre avec Anouck, lors d'une réunion intercommunale, l'apaisa immédiatement. Elle avait une façon d'expliquer qui l'émerveillait, un petit sourire qui dévoilait des dents parfaitement alignées, une fossette discrète sur la joue droite. Anouck travaillait à l'ONF et elle l'avait ébloui, non par son discours, car il ne se souvient d'aucun mot, mais par son assurance et cette façon qu'elle avait de regarder, comme si elle sondait les cœurs en plongeant ses yeux dans les vôtres.

Lorsque son tour de prendre la parole devant les élus arriva, il posa calmement ses mains sur sa table, se mit debout et à son tour, prit la parole pour dévoiler et présenter le beau projet qu'il portait, au nom de l'entreprise qui l'employait.

C'était son premier grand et véritable dossier et s'il voulait faire ses preuves, il fallait qu'il réussisse non pas à les convaincre, mais à la convaincre, elle. Mademoiselle Sery n'était pas bien épaisse ni très grande, mais il sentait que son avis avait beaucoup de poids. Alors, tout le temps de son exposé, il la regarda un peu plus que les autres, guettant ses réactions, mais elle était restée impassible, même lorsqu'il dévoila la maquette : 250 cottages, un espace aquatique, 6 restaurants dirigés par des chefs étoilés, quelques commerces, des espaces de jeux, un cabinet médical, le tout en plein cœur de la forêt, sur une superficie de 150 hectares. Il enchaîna les arguments : la visibilité du territoire et sa revalorisation, mais surtout, le développement du tourisme pour créer la richesse économique et des emplois.

« Et la forêt ? » demanda-t-elle simplement.

Il enchaîna alors sur l'intérêt d'un site de taille moyenne, sur l'idée d'une immersion dans la nature et de ce fait, sur les démarches de préservation et d'entretien : une forêt vivante, nettoyée, élaguée, débroussaillée, des arbres traités, une utilisation raisonnée et raisonnable de l'espace boisé pour redonner aux hommes l'envie de prendre soin de la nature. « C'est comme une thérapie ! » Ce fut par ces mots qu'il conclut sa présentation de plus de trois heures. Il partit, laissant à chacun un copieux dossier ainsi que la maquette, mais il revint plusieurs fois, pour expliquer, développer, corriger, rencontrant d'autres élus, des avocats, des banquiers, des associations, des acteurs économiques et juridiques, sociaux et politiques. Anouck Sery était régulièrement présente, attentive à tout ce qui avait trait à la forêt. Enfin, au bout de 23 mois d'échanges et de rencontres, la modification du plan local d'urbanisme ayant été validée par le tribunal, une date fut fixée pour signer les contrats et les engagements de chacun. Au début du mois de décembre, une belle réception eut lieu dans le grand hôtel particulier de la société *Lumen You* afin de fêter les nouveaux partenariats. Il y avait foule, mais il n'avait d'yeux que pour Anouck, éblouissante dans sa robe vert émeraude. Insensible aux regards appuyés et aux compliments qu'elle pouvait recevoir, Anouck allait de groupe en groupe, ne s'attardant jamais très longtemps avec son interlocuteur, comme si déjà elle souhaitait être ailleurs. Elle passa près de lui et lui glissa dans l'oreille : « Ne me décevez pas ! » Elle s'éloigna, le laissant face au PDG de *Lumen You* et au Président de la Région, se dirigea vers les vestiaires, demanda son manteau et sortit. Il comprit alors que s'il ne réagissait pas, elle sortirait également de sa vie. Il bredouilla un vague « Excusez-moi » pour justifier son départ anticipé de la réception. Il courut après Anouk et la rattrapa alors qu'elle s'engouffrait dans un bus. Il s'assit à ses côtés. Elle sourit et sa fossette se creusa. Il aurait voulu à ce moment-là déposer le monde à ses pieds. « Vous avez oublié votre voiture », lui fit-elle remarquer.

Le vent est de plus en plus froid et lui cingle le visage. Son pardessus, parfait pour la ville, le déguise dans cet univers naturel. Il ressemble à un clown qui se serait trompé de spectacle et de chapiteau. Il récupère son souffle et reprend sa marche. Lentement, fixant le bout de ses baskets éculées, il met un pied devant l'autre, sans un regard pour les sapins séculaires. La montée s'annonce plus rude que prévu, surtout qu'il ne l'a pas prévue, comme il n'a pas prévu tout ce qui allait leur arriver.

Il attendit qu'elle descende du bus pour lui fixer un rendez-vous. « J'ai bien cru que jamais vous n'alliez m'inviter ! » et elle se fendit dans un bel éclat de rire. « Mercredi, 20 h, Casa dell'Italia, Place des

Regards ». De mercredi en mercredi, leur relation s'épanouit. Il découvrit une jeune femme brillante et sereine, entière et sincère, attachée à sa région natale. En y réfléchissant bien, il l'aima au premier regard. Il n'était juste pas prêt à tant de bonheur.

Quand il la vit remonter l'allée jusqu'à l'autel, il crut bien que son cœur allait s'arrêter : elle était tellement belle dans sa robe immaculée. Aérienne. Un ange descendu des cieux pour faire de sa vie un rêve. Elle dit « oui », doucement, en baissant les yeux. Oui à son amour. Oui à la vie. Oui. Pourtant, même le plus pur des amours peut se lézarder au contact du quotidien. Il l'aimait, cela ne faisait aucun doute, mais son poste à responsabilités exigeait de lui un investissement de chaque instant. Il savait convaincre et c'est pour cela qu'on lui confiait des projets immobiliers de plus en plus ambitieux. Régulièrement, tout en se blottissant contre lui, Anouk lui murmurait : « Et la forêt ? » Il étalait alors les plans, répétait les promesses des élus, lui faisait lire les engagements de *Lumen You* mais quelque chose se déréglait dans la machine si bien huilée. Elle n'était pas dupe. L'argent guidait à présent ses choix. Ce n'était pas plus compliqué que cela. Le PDG exigeait des résultats. Il apportait des résultats, en détournant les yeux pour ne pas croiser le regard accusateur de son épouse. Et puis, petit à petit, la belle et douce Anouk devint plus pâle, plus fragile aussi. Un petit rhume. Une bonne grippe. La fatigue. Mais ce lundi-là, alors qu'elle se rendait à son bureau pour honorer un rendez-vous avec le technicien forestier territorial, elle s'évanouit dans le hall. Alerté, un médecin arriva et après une rapide auscultation, ordonna l'hospitalisation. Commencèrent alors la ronde des spécialistes et les examens en tous genres pour que le verdict tombe, aussi glaçant que l'était le temps : cancer du pancréas, non résécable, localement avancé, stade III.

« Vous êtes jeune. Vous menez une vie saine. Il faut être positive. On va mettre en place un protocole de soins : chimiothérapie associée à de la radiothérapie, suivi psychologique, pour vous et votre mari. »

Il ne se présenta à aucun rendez-vous avec le psychologue, ses dossiers d'aménagement des territoires en vue de développer des complexes touristiques haut de gamme l'emmenant aux quatre coins de la planète. Anouk luttait. Il courait le monde. Anouk s'enfermait dans un univers de souffrance, il recherchait la foule hurlante. Anouk s'affaiblissait, il bâtissait, toujours plus loin, toujours plus vaste. Anouk dépérissait, il abattait les arbres. Un matin, on l'appela. Anouk était au plus mal. Il sauta dans le premier avion et se rendit dans l'unité des soins palliatifs pour patients en fin de vie. Intubée, si chétive et si pâle sous le drap blanc, Anouk, sa bien-aimée, était méconnaissable. Il ne comprenait pas ou il ne comprenait que trop bien. Anouk le quittait.

Dans sa montée laborieuse, il bute contre une pierre. Il s'arrête, pantelant et suant. Il ne sent plus le froid, qui pourtant est vif. Autour de lui s'étale un vaste plateau balayé par les vents et hérissé çà et là de quelques sapins. Harassé, il se laisse glisser le long d'un tronc et regarde, au loin, la flaque bleutée du lac Léman et le panache du jet d'eau de Genève. Au contact de l'écorce, une douce chaleur envahit son corps, mais au-delà, un apaisement s'empare de tout son être. Il ouvre les yeux, pour la première fois depuis de longs mois, et tout devient évident. La vie, c'était Anouk. Lui n'offre que la mort. Il inspire longtemps, doucement, se lève et redescend, paisible, jusque chez lui. Au passage, il laisse ses mains caresser des troncs, effleurer des fougères. Il demande pardon. Pardon à Anouk de n'avoir pas su regarder ni écouter. Pardon à la forêt de n'avoir pas compris. Quand il arrive chez lui, le soleil se couche et le froid s'est intensifié. Avant même de prendre une douche, il allume son ordinateur. Sa lettre de démission est vite rédigée, elle est sans équivoque, sans appel. Anouk, dans son cadre doré, sourit.

Le vieux Fernand

Cela faisait 27 ans qu'ils vivaient dans cette maison en bord de route.

Ils n'étaient plus tout jeunes quand lui et sa femme s'étaient décidés à « accéder à la propriété », comme on dit. C'était plus poussé par les amis que par pure conviction, car il fallait se l'avouer, la location leur convenait très bien, mais voilà, leur appartement allait être mis en vente et, quitte à changer, autant faire plaisir à madame qui n'attendait qu'une chose : « patouiller » dans la terre, regarder les graines germer, les fleurs s'ouvrir, les arbres s'habiller et se dénuder, au fil des saisons. Fernand, 71 années bien tassées, ne regrettait rien. Assis dans son fauteuil, tandis que Suzanne s'affairait en cuisine, il lisait le journal, contemplait son jardin et comptait aussi les voitures. La route n'était pas très empruntée, mais suffisamment pour alimenter leurs discussions :

« Tu as vu, cela fait déjà trois fois que la voisine part de chez elle !

— Pour sûr, l'essence est gratuite !

— Non, mais, l'Albert, il ose encore rouler ?

— Y sont inconscients, ses enfants. Y en a pas un pour lui piquer la clé avant qu'y renverse quelqu'un ? ».

Et ils y allaient ainsi, chacun de son petit commentaire. Les journées s'écoulaient finalement assez paisibles.

Le seul souci de Suzanne, depuis peu, était cependant l'inactivité de son homme. Elle l'avait connu hardi et courageux, toujours à bricoler dans la maison, à retourner la terre, à couper et empiler du bois en vue de l'hiver, à marcher de longues heures dans la forêt. Même quand ils partaient en vacances, il pouvait s'absenter des heures de leur location pour explorer la région, toujours à pied. Parfois, il revenait de ses escapades comme euphorique. Ah ! le bon air ! Il était infatigable. Pourtant, depuis quelque temps, Fernand restait plus souvent avachi dans son fauteuil que debout. « Ma bonne Suzanne, j'suis plus tout jeune ! » En vérité, Fernand n'avait plus d'objectif, plus rien qui ne l'attirât. Sa vie était devenue morne et triste et il se serait certainement prématurément endormi pour toujours si le Conseil Départemental n'avait eu la bonne idée d'entamer des travaux de reconstruction d'un passage pour voitures, à quelque dix kilomètres de chez eux. Cette reconstruction eut pour conséquence la fermeture de la côte dite sous Montaigu et la mise en place de déviations afin que les véhicules, sans exception, puissent atteindre le chef-lieu du département. Depuis, c'était un ballet incessant de voitures, de bus, de camions devant chez eux. Le village, si tranquille, se transforma en une autoroute, à cette différence près qu'on ne pouvait pousser les maisons plus en retrait. Pour canaliser ce flot motorisé, de rapides travaux furent exécutés afin de créer, dans l'urgence, une piste cyclable et des zones où la vitesse ne devait pas excéder 30 km/h.

Une aubaine pour Fernand.

Placé aux premières loges, il s'intéressa surtout à la piste pour vélos.

Il sortit de chez lui !

Il alla discuter avec les ouvriers, avec le chef des chantiers, même avec le chef des travaux, s'enquérant des matériaux utilisés, du prix à la tonne. Fallait-il un diplôme spécifique pour conduire un camion qui transportait du bitume ? Parce que ce n'était quand même pas la même chose que de transporter du lait ! Sa curiosité était infinie. Suzanne retrouvait, grâce à ces travaux routiers assourdissants et salissants (elle nettoyait ses vitres tous les deux jours), son Fernand, et de ce fait, ne critiquait jamais ni le bruit ni la poussière. Ce qui étonna le plus le vieil homme fut néanmoins ces murets en béton urbains – des GBA plus précisément, lui dit l'ouvrier à la barbe bien taillée – destinés à protéger les cyclistes et à rassurer les riverains. Alors, on ne montait plus de murs à l'ancienne ? On amenait des blocs qu'on collait les uns aux autres et en un tour de main, la glissière était installée ? Le vieux Fernand n'en finissait pas de s'extasier. Cela amusait les hommes qui s'activaient, mais le Fernand, il était bien sympa, alors on continuait de répondre à ses questions et on prenait même avec lui la pause du matin, surtout que le vieillard n'arrivait jamais les mains vides : une thermos de café bien chaud ou une tarte maison, il savait y faire ! Au fur et à mesure que le chantier avançait, c'était comme si Fernand rajeunissait. Il reprit ses randonnées, partant toujours un peu plus longtemps. Il retrouvait ses marques dans ces bois qui grimpaient le long de la paroi rocheuse et qu'il connaissait finalement par cœur, car il avait été, dans son jeune temps, bûcheron et à ses moments perdus, chasseur. Il n'était pas un recoin de cette sombre forêt qui ne fût sien : futaies, breuils, crevasses, anfractuosités… Il reconnaissait tout et s'en émerveillait, tout comme il admirait l'œuvre de l'homme : Dame Nature était magique et mystérieuse, l'être humain était inventif et persévérant.

Suzanne ne lui posait jamais aucune question. C'était convenu entre eux depuis toujours : Fernand ne parlait que s'il l'avait décidé. Il ne servait à rien de le forcer. Ainsi donc, quand Fernand rentrait, elle ne savait pas s'il s'était aventuré très loin, jusqu'à aller toucher le tronc du dernier arbre ou s'il était resté à discuter avec les hommes du chantier. Cela lui importait peu. Fernand souriait, c'était là l'essentiel. Le soir, elle se couchait donc tranquille et, après avoir pris son somnifère, elle s'endormait, un sourire aux lèvres.

Et puis, de nouveau, une fin d'après-midi, elle retrouva son Fernand collé dans son fauteuil. Elle lui lança un regard interrogateur. Il ne fit aucun geste. Il était prostré. Elle s'approcha et lui prit la main. Il vivait encore. Fernand sortit de son hébétude. « Des vandales ! Regarde, Suzanne, regarde les inscriptions sur les glissières. À la peinture noire. C'est quoi ce plaisir de mettre des graffitis ? Y se rendent pas compte que c'est laid, que c'est nous qu'on paie ? Du bel ouvrage, gâché, sali. Des vandales, Suzanne, des petits cons. »

Il avait parlé. Tout était dit.

Suzanne se risqua dehors, malgré la pluie qui tombait dru, et regarda de plus près ces fameux « GBA » qui longeaient la piste cyclable. Effectivement, le beau béton gris et lisse était détérioré par des insultes à l'encontre du Président de la République. Elle haussa les épaules. Ce n'était que cela. Un coup de peinture et on ne verrait plus rien. « Tu ne comprends pas ? Tout fout le camp. Y a plus de respect pour rien ! » Non, elle ne comprenait pas que cela l'atteignît autant, en revanche, elle s'affligea de sa réaction. « Fernand, c'est pas ta maison qui z'ont peint. Et le Président, c'est pas ton frère. Tu te mets la rate au court-bouillon pour rien ! Le maire, y va agir, y va faire nettoyer. Allez, viens manger ! »

À partir de ce jour, la vie reprit comme avant les travaux. Suzanne trottinait dans la maison, passant le balai, lavant la vaisselle, accrochant le linge. Fernand avait retrouvé sa place dans le fauteuil, face à la fenêtre. Ce dont Suzanne ne se rendait pas compte, c'est que la nuit, tandis qu'elle dormait d'un sommeil artificiel, Fernand guettait, debout, le nez collé à la vitre : qui donc pouvait bien se permettre de gribouiller l'espace urbain, commun à tous ? Enfin, il reconnut le vandale. Mario, le dernier de la fratrie des Moraines. Fernand savait que le jeune homme, tout juste sorti de l'adolescence, donnait du fil à retordre à ses parents, mais il ne l'aurait jamais cru capable de telles dégradations. Ainsi donc, le diable pouvait prendre l'apparence d'un freluquet blondinet et boutonneux ! Bouillant de colère, le vieux Fernand retrouva, une fois n'est pas coutume, de l'énergie. Il fallait que cette rage sorte de sa tête, de son cœur, de son corps. Il reprit ses marches dans la forêt, « pour évacuer », et à cela, Suzanne n'émit, une fois de plus, aucune objection. « Ne te perds pas tout de même. Tu pars tellement longtemps que parfois j'me dis que le Malin t'a embarqué. » Fernand sourit. Parfois, sa femme le surprenait…

Cette nuit-là fut une nuit bénie. Suzanne dormait à poings fermés, Fernand s'en étant assuré en allumant le réveil-radio qui se trouvait sur la table de chevet : Suzanne ne bougea pas d'un centimètre. Mario, quant à lui, était avec son groupe, en train de fumer cigarette sur cigarette et de parler haut et fort.

Fernand s'équipa et sortit. Quand le groupe se sépara, vers une heure du matin, Le vieux Fernand ne se mit pas à suivre « l'artiste ». En effet, il connaissait l'itinéraire. Il savait aussi que pour rentrer chez lui, Mario devait passer par le chemin des Colchiques, celui qui n'était pas éclairé pendant une cinquantaine de mètres et pour cause, il n'y avait aucune maison. Fernand avait donc pris un peu d'avance et s'était mis en embuscade. Quand Mario passa, Fernand fit rouler un caillou, puis un autre. Le jeune homme se retourna, ne vit rien et accéléra un peu le pas. Fernand passa alors à l'étape deux. Il toussa et s'enfila dans le pas de Mario, le contraignant petit à petit à s'écarter de son chemin, car il la sentait, la peur du jeune. Il s'en amusait même. Plus Mario accélérait, plus Fernand se rapprochait de lui, faisant claquer son bâton de marche dont il s'était muni. La nuit était presque noire, parfaite pour filer une trouille bleue à ce jeune délinquant. Soudain, contre toute attente, le jeune Moraines bifurqua et emprunta le chemin forestier : la joie de Fernand ne connut plus de limite. Enfin ! Il cala son pas sur celui du fuyard, réussissant à le mener où il le désirait. Mario Moraines, lampe du téléphone portable allumée, éclairait en tous sens, créant des ombres fantasmagoriques sans jamais localiser Fernand. Il tentait de courir aussi vite que le terrain très accidenté le lui permettait. Il aurait dû appeler un de ses copains, mais il avait hésité, de peur d'être tourné en ridicule et à présent, il était trop tard : son téléphone ne captait plus. C'est ainsi qu'il arriva, au bout d'une bonne heure, à l'endroit où la forêt rencontre la montagne, mais également à l'endroit où, si on n'y prend pas garde, la terre s'ouvre en des crevasses sombres et profondes. Mario espérait avoir semé son poursuivant, dont il ignorait totalement l'identité et la raison de son acharnement. Occupé à distancer son assaillant, il n'avait même pas songé à appeler au secours, mais maintenant, perdu au cœur de la forêt, en pleine nuit, qui l'entendrait ? En plus, épuisé par l'usage de la lampe, le téléphone s'était coupé. Mario ne reconnaissait absolument pas les lieux pour n'avoir jamais pris soin d'apprécier cette forêt qui bordait son village. Il tentait de reprendre son souffle et ses esprits quand il sentit qu'on le touchait à l'épaule. Le canon d'une arme ? Pris de panique, il se remit à courir. Pas longtemps. À peine cinq mètres.

Sans un bruit, il tomba dans la crevasse.

Fernand rentra et discrètement, se glissa sous les draps, auprès de Suzanne. Il passa sa meilleure nuit depuis bien longtemps. Les jours qui suivirent furent agréables. Fernand était détendu, d'humeur joyeuse. Il jardinait tandis que Suzanne aux joues ridées comme une vieille pomme préparait confitures et compotes. Au bout d'une semaine, Suzanne rentra tout excitée des courses :

« Dis donc, Fernand, tu sais pas la nouvelle ? Je suis allée chercher le pain et on ne parle que de ça dans le village. Le jeune Moraines a disparu. Ses parents sont inquiets, aucun de ses camarades n'est capable de dire où il se trouve. En voilà une histoire. Ça me rappelle l'année où on est partis dans les Cévennes. Tu te souviens de ce couple, très bruyant, qui avait le bungalow près du nôtre et dont on n'a jamais retrouvé la trace ? Disparus eux aussi. Il s'en passe des choses bizarres aujourd'hui… Bon, tu veux manger quoi ce midi ?

Fernand leva le nez de son journal, un imperceptible sourire aux lèvres.

— Comme tu veux, ma Suzon, j'ai une faim de loup ! »

Cécile

Quand le coup de tonnerre a retenti en cette chaude nuit d'été, amplifié par la paroi rocheuse, les deux chevaux, effrayés, se sont cabrés, mettant à bas le cocher, puis ils se sont emballés. La route sinueuse n'étant pas favorable pour une telle cavalcade, la calèche a fait une embardée, dégringolant la pente accidentée qui mène jusqu'à la mer ou peu s'en faut. Aucun arbre pour arrêter la course folle de l'hippomobile. Chevaux et voiture, pêle-mêle, dans un formidable vacarme de hennissements, de grincements, de fracas. Cécile de Mauguio est éjectée et atterrit au pied d'un pin parasol. Percluse de stupeur, elle regarde le ciel étoilé et attend. Paradoxalement, elle n'est pas inquiète, juste surprise. Elle flotte, dans un état second. Le monde autour d'elle devient subitement silencieux. Les étoiles s'éteignent une à une.

Quand Cécile se réveille, elle est éblouie. Elle baigne dans une blancheur immaculée. Çà et là pendent des draps immobiles que pas un souffle de vent n'agite. Elle tend l'oreille, mais n'entend rien, à part peut-être, au lointain, des plaintes diffuses, des gémissements, des pleurs. Elle se sent bien. Une agréable odeur de lavande chatouille ses narines, la ramenant à l'époque où elle était pensionnaire au couvent Sainte-Claire pour y recevoir une éducation qui la préparerait à être une bonne épouse, une bonne hôtesse et une bonne mère de famille. Elle perçoit des murmures. Ses camarades peut-être, toujours inquiètes d'être punies par la Mère Supérieure ? Comme elle bouge difficilement la tête, elle se contente de se perdre dans l'observation du plafond où peu à peu naissent des images, des dessins créés par quelque halo lumineux. Le sommeil la gagne. Cécile s'endort profondément.

Quand elle ouvre les yeux, Cécile a légèrement froid, mais en même temps, se trouve presque en sécurité. Elle sent sous ses doigts un tissu soyeux qu'elle reconnaît. C'est sa robe préférée. La verte dont le bustier est brodé de fine dentelle. Son collier de perles pèse un peu sur son cou et la pince qui retient ses cheveux apprêtés et relevés en chignon pique son crâne, mais elle ne souffre pas. Elle est immobile, dans le noir. Sa tête repose sur un doux coussin de velours. Seuls des rayons lumineux se jouent de l'obscurité. Dans ces rais de soleil, des grains minuscules de poussière dansent et virevoltent. Elle les suit du regard, s'amusant de leurs mouvements désordonnés. Au loin, comme assourdies, lui parviennent des voix chuchotées. Elles la bercent doucement, lui faisant oublier le poids du collier, la pince des cheveux et la robe un peu trop légère pour la saison. Ne sommes-nous pas déjà en automne ? N'est-ce pas l'odeur familière du pin qu'on vient d'abattre qu'elle sent ? Elle a du mal à rassembler ses idées. Elle entend un chant, très doux et des paroles qu'elle imagine réconfortantes. Un brusque mouvement cependant la fait sursauter et la tire de sa rêverie. Elle n'a pourtant pas le souvenir d'avoir embarqué sur le Lison, ce beau navire à vapeur qui fait la fierté de la famille. Elle tangue un peu puis finalement tout se calme. De nouveau, tout est immobile et plus silencieux encore. Un bruit inattendu la fait une nouvelle fois tressaillir puis un autre tandis qu'un effluve agréable l'enveloppe. Il lui semble à présent être dans la roseraie tandis qu'une averse de grêle s'abat sur le toit de la serre. La lumière, peu à peu, disparaît, emportant avec elle les poussières joyeuses. Elle tend la main qu'elle tenait bien à plat sur sa poitrine, mais se cogne. Elle tend l'autre main, mais sans davantage de succès. L'espace est rétréci. Elle cherche alors à se mettre sur son séant, mais sa grande faiblesse la contraint à renoncer. Elle voudrait pousser ces murs, les éloigner de son corps. Le noir est total à présent et le froid l'envahit. De sa gorge sort un gémissement, trop faible pour être entendu.

Là-haut, le fossoyeur est sourd depuis toujours.

L'agent Trapi

« Impulsif, l'agent Xavier Trapi se démarque de ses collègues par son agressivité récurrente et son incapacité à agir dans le calme et la réflexion. Sa promptitude à la violence verbale, voire physique, nous contraint de refuser sa demande d'intégration au grade de maréchal des logis. Nous l'invitons… »

D'un geste rageur, Xavier fit du rapport de la psychologue de service une boule informe qu'il envoya voler à travers la pièce. Ce faisant, il poussa un juron, qui aurait pu faire rougir sa jeune collègue, si elle avait été présente à ce moment-là, bien pratique d'ailleurs cette aspirante gendarme quand il s'agissait d'aller chercher un café !

« Impulsif, impulsif, mon cul, oui ! Je fais mon boulot, moi, madame. J'arrête les délinquants, les petites frappes, les fous du volant, les tarés de la bouteille. Je nettoie ! C'est merci qu'on devrait me dire ! »

Le brigadier Trapi n'en finissait pas de gueuler dans son bureau et il se fichait royalement qu'on eût pu l'entendre ! La conclusion de Bertille Morez, cette gourde incapable de distinguer un Pinot noir d'un Beaujolais nouveau, l'avait vraiment énervé. Psy, elle ? Avec son espèce de carré mal coupé et son sourire béat, il l'aurait plus vue dans un EHPAD à torcher les vieux ! Elle avait cet air nunuche que seuls les imbéciles possèdent. Heureusement, son service était achevé et c'est directement à la salle de boxe que Trapi se rendit, afin d'extirper la rage qui manquait de l'asphyxier. D'ailleurs, ses comparses de ring n'hésitèrent pas à lui faire remarquer qu'il s'agissait juste d'un entraînement et que, s'il pouvait retenir ses coups, ils lui en seraient reconnaissants. Il lui fallut trois heures de sac et de combat pour qu'enfin, il se sente mieux. Il s'autorisa alors à rentrer chez lui, certain cette fois-ci de ne pas saccager son propre appartement. Après tout, elle avait peut-être raison la Morez. S'il voulait grader, il fallait absolument qu'il se rachète une conduite et qu'il calme le jeu. Il décida donc de revenir le lendemain dans un meilleur état d'esprit, se promettant de respirer avant d'éructer sur le premier con venu. Au quotidien, c'était vraiment difficile, car entre les interpellations, les dépôts de plaintes, les excès de vitesse, les dégradations, les agressions… il y avait vraiment de quoi perdre son sang-froid, mais il tint bon, Trapi, au grand étonnement de son collègue, le seul qui parvenait à le supporter, peut-être justement parce qu'il en était le contraire parfait. Aussi blond que Trapi était brun, aussi rond que l'autre était musclé, Paul Ventoux ne se distinguait pas seulement par le physique. Son caractère était également diamétralement opposé à celui de son acolyte. Quand Trapi hurlait, Paul Ventoux le fixait, tentant par un regard appuyé de le faire taire ; quand Trapi en venait aux mains, Ventoux déposait la sienne sur son épaule, le forçant, d'une pression légère et ferme à la fois, à cesser. Jamais les deux hommes n'en étaient venus aux poings, car Ventoux avait la sagesse et la patience qui faisaient si cruellement défaut au gendarme au sang chaud. Parfois, ils en plaisantaient, les coudes appuyés au bord d'un bar au bois lustré par tous ces gars qui venaient, après une dure journée de travail, retrouver, dans une chope, un peu de joie ou de courage avant de regagner leurs pénates, auprès de bobonne qui ne manquerait pas de leur faire remarquer qu'ils étaient en retard, qui se plaindrait de l'aîné qui avait encore fumé et du petit dernier qui avait décidé qu'il ne se brosserait plus les dents. « Une nana H24 ? Ah ça non ! Pour quoi faire ? Je peux en avoir une différente chaque soir ! Et puis, j'ai ma mère, elle m'occupe déjà bien assez ! » Trapi était effectivement un bel homme, la trentaine sûre d'elle-même, arrogante. On lui connaissait de nombreuses conquêtes, ce qui faisait d'ailleurs sa fierté, mais rien de sérieux. Seule sa mère trouvait grâce à ses yeux et malheur à quiconque osait parler d'elle. Marilou était sacrée. La femme parfaite. D'elle, Trapi avait hérité les cheveux noirs et fournis, qu'il coupait court, des yeux sombres qu'il cachait au moindre rayon de soleil sous des Ray-Ban qui lui avaient coûté la peau des fesses ; de son père, certainement sa taille, au-dessus de la normale et peut-être son caractère tempétueux, à moins que ce ne soit le fait qu'il ne l'ait jamais connu, son père, qui le rendait aussi prompt à monter dans les tours. Ce con avait eu l'idée saugrenue de se tuer, un banal accident de moto et ça, Trapi n'arrivait pas à pardonner. Comment être égoïste à ce point, continuer d'avaler les kilomètres sur un bolide quand on vient d'être père ? Du fait de son inconscience, le petit Xavier avait grandi dans l'amour exclusif de sa mère, devenant de plus en plus autoritaire, exigeant face à cette jeune femme qui n'avait que lui, qui était enfoncée dans son chagrin comme une plante dans son pot et qui ne trouvait pas le mot pour indiquer à l'enfant d'un amour trop vite mort, le droit chemin. C'est ainsi que Xavier Trapi connut une scolarité chaotique, entre bagarres dans la cour de l'école et petits trafics au collège, conseils de discipline et exclusions. Néanmoins, une rencontre joua en sa faveur : un caporal-chef venu présenter la filière militaire. Est-ce le costume ? La voix grave ? Les mots ? Toujours est-il qu'à partir de cette conférence d'une heure, l'avenir de Trapi était joué : il serait gendarme, au service de cette loi qu'il avait tenté maintes fois de déjouer.

Il était à présent brigadier, mais cela ne lui suffisait plus, comme si grader lui conférait la légitimité d'être un homme, lui qui avait grandi dans les effluves sucrés du parfum préféré de sa mère, l'observant quand, d'une légère pression de l'index, elle s'entourait d'un nuage aux fragrances subtiles issu de la petite pomme violette qu'elle replaçait délicatement sur la commode de la salle de bain. Le baiser parfumé qu'elle déposait ensuite sur son front, avant qu'il ne parte à l'école et qu'elle-même ne se rende sur son lieu de travail était la promesse du retour. Elle n'avait jamais manqué à sa parole : tous les soirs, elle était présente, tentant d'apaiser sa colère d'enfant orphelin à grand renfort de crêpes, de pizzas, de chansons et d'histoires.

Aujourd'hui, il voulait passer brigadier-chef, puis maréchal des logis et pourquoi pas adjudant, voire adjudant-chef. Pour elle, pour lui.

Ils habitaient dans deux villes voisines. Cela leur permettait, maintenant qu'il était adulte, de continuer de se voir sans pour autant empêcher l'autre de vivre. Ils se retrouvaient les week-ends, quand il n'était pas de service, ou certains soirs, quand leurs emplois du temps respectifs le leur permettaient. Son admiration pour elle n'avait pas changé : le temps n'avait pas d'emprise sur Marilou. Elle était restée la même, calme et posée, discrète et toujours un peu triste, quoique, dernièrement, force était de constater qu'elle était un peu plus rêveuse, un peu plus souriante aussi. Xavier Trapi savait qu'elle acceptait parfois les invitations et il en déduisit qu'enfin, sa mère vivait, tout simplement. Un soir, alors qu'il l'avait invitée dans son restaurant italien préféré, il tenta de la taquiner, de savoir qui était cet homme voleur, mais Marilou, d'un regard, lui cloua le bec. Ce n'était pas d'actualité. Mais lui, qu'avait-il à raconter ? Quand elle le lançait sur le sujet, il était intarissable. La dernière arrestation s'était bien passée. Même si le prévenu s'était montré récalcitrant, il n'avait pas haussé le ton, ne s'était pas énervé. Ventoux et lui avaient pu obtenir les aveux complets du suspect qui baignait dans une sordide affaire de drogues et de filles : « Il va en prendre pour au moins 10 ans ». Il y avait aussi ce petit gars, une quinzaine d'années, qu'il avait confié au service des mineurs : « encore un pauvre mec qui tabasse sa femme pour exister, le gamin est témoin, la mère est hospitalisée, mais ses jours ne sont pas en danger. Elle devrait retrouver son fils à sa sortie de l'hosto et ils vont bénéficier d'un logement social. Quant au père, il a interdiction formelle de les approcher en attendant son procès ». Et les histoires s'enchaînaient. « Et puis, ah oui, il y a eu cette nana. Imagine un peu. On se rendait, avec Paul, en intervention sur un accident. Alors tu penses bien que quand c'est comme ça, on roule plus vite et gyros allumés, on se retrouve derrière elle qui vient de s'engager à l'intersection sur la Nat 22. Elle nous voit dans son rétro et se met à faire des zigzags avant de se rabattre pour nous laisser passer. Une folle, quoi, qui a eu son permis je ne sais comment et je ne me suis caché pour le lui faire remarquer. J'ai passé ma tête par la fenêtre et je lui ai fait comme ça, les mains en marionnettes pour lui dire qu'elle n'allait pas bien. Et tu sais ce qu'elle a fait, cette gourdasse ? Elle a appelé le 17 pour se plaindre, pauvre bichette ! Elle est tombée sur ce con de Frometin, tu sais, le rouquin BCBG, qui l'a écoutée nous traiter de cow-boys, qui l'a répété au patron, lequel nous a convoqués pour nous faire la morale. Mais j'ai tenu bon. J'ai pas gueulé. Je vais l'avoir ma promotion, m'man. Encore quelques mois comme ça et c'est dans la poche ! » Il faisait le fier, mais Marilou perçut tout au fond de lui, une colère contenue, peut-être plus violente que celle qu'on laisse exprimer.

En réalité, il était dans une rage folle. Se faire rappeler à l'ordre à cause d'une pétasse qui ne savait pas conduire ! Et puis quoi, encore ! Ça n'allait pas se passer comme ça, en fait, pas du tout. Ce qu'il y a de bien quand on est gendarme, c'est qu'on a accès à tout type d'informations. Trapi eut vite fait de récupérer le 06 de la femme et se fit un malin plaisir à composer son numéro, lui rappelant l'attitude à adopter lorsqu'on croise un véhicule prioritaire (bon, Ventoux n'ayant pas mis la sirène, il n'avait donc pas tout à fait raison, mais ça, elle n'était pas censée le savoir), la sermonnant comme une gamine – il exultait – la traitant de nouveau de folle et à mots couverts, la rendant coupable de la mort probable de l'accidenté (qui n'avait, en fait, que quelques contusions). Il crut que cela le soulagerait. Et effectivement, son appel à la cinglée le soulagea, mais ce fut de courte durée. Il n'encaissait pas le regard accusateur de son adjudant-chef ni ses mots aiguisés comme des poignards qui se seraient enfoncés dans sa chair. Il voyait bien que son chef lui mettrait, une nouvelle fois, les bâtons dans les roues pour sa promotion. Trapi tournait en rond, comme un lion en cage. Les belles paroles adressées à sa mère n'étaient que du vent. Il voulait se venger, savoir qui était celle qui l'empêchait – car c'était couru d'avance – d'accéder au grade supérieur. Alors, il mena son enquête. Il connaissait le numéro de téléphone et le nom, il ne restait plus qu'à trouver l'adresse et suivre la pétasse pour la prendre en faute et lui en faire baver, quitte à créer la faute. Cela tourna à l'obsession au point qu'il espaça ses entraînements à la salle de boxe et refusa de plus en plus souvent d'aller boire un verre avec Ventoux. Quand il n'était ni en service ni chez sa mère, il suivait la femme. Elle ne se rendait compte de rien. Comment d'ailleurs aurait-elle pu imaginer un seul instant qu'il la filait ? Il était bien trop malin pour cela. Elle avait une vie plate de célibataire, sans intérêt, partageait son temps entre les deux collèges où elle enseignait, son cours hebdomadaire de piano, son heure de natation journalière dans sa propre piscine au beau milieu du jardin. Il savait tout d'elle, même qu'elle avait un penchant pour la littérature asiatique et le chocolat noir. Tout. Et rien en même temps, rien qui put la mettre en mauvaise posture. De cela, il ne parla pas à Marilou. Surtout pas. Elle n'aurait pas compris, d'autant plus qu'elle était de plus en plus épanouie. L'amoureux voleur devait rôder, grand bien lui fasse. Il s'intéresserait à lui plus tard, quand il aurait réussi à se venger de l'autre. Mais les semaines s'écoulaient, sans rien à se mettre sous la dent, et sa rage ne faisait que croître. Et un soir, tandis qu'il rentrait chez lui après le service, et sans l'avoir cherchée, elle se retrouva là, devant lui, à cette même intersection qui lui avait valu les vertes réprimandes de son chef. Il faisait déjà nuit et la pluie tombait dru. Alors, il ne réfléchit pas, doubla la petite voiture noire et donna un furieux coup de volant. Prise de court, la femme voulut l'éviter et donna, à son tour, un coup de volant. Voilà. C'était fait. Elle partit en glissades tout en tournoyant jusqu'à aller s'écraser contre la paroi de la montagne qui bordait la nationale. Il jeta un rapide coup d'œil dans son rétroviseur. Personne. Et la petite Nissan aussi tordue qu'un accordéon. Il rentra chez lui, se versa une bière et s'endormit tout habillé, comme libéré d'un poids immense.

Ce furent des coups portés à sa porte qui le tirèrent de son sommeil. Merde. Il était en retard. Ventoux allait lui passer un savon. Il s'empressa d'aller ouvrir pour se retrouver face à Paul et au brigadier-chef Perrosa. Leur mine n'annonçait rien de bon. Devant leur silence, il les invita à entrer dans le salon : « excusez le désordre » et s'assit à son tour. Ce fut Paul qui prit la parole.

« Vers une heure du matin, on a été appelé pour un accident de la route : un Juke noir fracassé contre la montagne sur la nationale 22.

Une sueur froide le glaça, trempant son dos.

— Et alors ? En quoi ça me concerne ?

— Je suis désolé… Ta mère n'a pas survécu.

Trapi partit d'un grand éclat de rire, ce n'était que cela. Sa mère possédait une Seat rouge. Une Seat rouge. Pas un Nissan noir.

— Xavier ? Xavier ? Tu m'écoutes ?

La voix de Ventoux le tira du brouillard dans lequel il se trouvait subitement plongé.

— Ta mère voulait t'en parler, mais elle n'osait pas, elle ne savait pas comment te l'annoncer. Il y a quelques mois de cela, elle est tombée amoureuse… d'une femme… une prof. Elles se sont rencontrées dans une salle de sport et l'amitié s'est vite transformée en un sentiment plus fort. Elle m'en a parlé, car elle ne savait pas comment te le dire, Xavier, elle craignait ta réaction. Elle ne t'a pas trahi, Xav, elle attendait le bon moment. Hier, elle s'était décidée, elle voulait t'en faire la surprise, mais sa voiture a refusé de démarrer. Son amie est effondrée, c'est elle qui a insisté pour lui prêter sa propre voiture. Xav… Tu comprends ? »

Jeanie, la nuit

Jeanie est petite, très petite, toute petite. C'est un ange caché sous une montagne de dentelle. Sa bouche en cœur, ses joues roses, ses doigts mignons font l'admiration de ses parents. Ils s'extasient. Comment est-ce possible ? Comment peut-on, avec de l'amour, créer un être aussi merveilleux ? Peu à peu, les gazouillis de Jeanie remplissent la maison. Cette enfant est une chanson. Puis Jeanie fait ses premiers pas, alors elle devient une danse, virevoltant, sautant, et s'extasiant devant un oiseau, une eau vive, un flocon de neige ou une libellule. Ses cheveux blonds brillent sous le soleil printanier et ses petits pieds laissent comme des empreintes de fée dans le gazon fraîchement tondu.

Les journées de Jeanie s'écoulent, heureuses. Lorsque papa part au travail, elle l'attend. Lorsque maman part au travail, elle l'attend. Elle ne craint rien, Jeanie, car elle sait que ses parents, ces géants, sont là pour la protéger du vent et de la pluie, pour la préserver de la faim et de la soif.

Lorsque Jeanie fait sa rentrée scolaire pour la première fois, un nouveau monde s'ouvre à elle : d'autres cris, d'autres bruits, d'autres gestes qui l'effraient. Elle pleure. Alors papa la prend dans ses bras et la rassure : rien ne peut lui arriver puisqu'il est là. Et maman la console : elle s'habituera et se fera tout un tas de camarades avec qui partager des jeux et des jouets, des bonbons aussi.

Mais la vie change : maman doit travailler la nuit. Elle n'a pas le choix. Des enfants à l'hôpital ont besoin d'elle et maman essaie de montrer à Jeanie l'avantage d'un tel emploi : elles auront pour elles seules les après-midi et pourront jouer de longues heures. Dans les premiers temps, la douce Jeanie se satisfait de ce nouveau rythme : l'école le matin, les après-midi avec maman et le soir avec papa. Elle s'endort, tranquille. Pourtant, peu à peu, Jeanie a peur. Les nuits sont trop noires. Un monstre hante son sommeil jusque-là paisible. Papa et maman s'inquiètent : ils retirent de la bibliothèque les livres pouvant effrayer leur petite fille. Ils rencontrent l'institutrice : des enfants n'auraient-ils pas été méchants avec leur fillette ? Ils éteignent le téléviseur. Mais rien n'y fait. Jeanie perd ses belles couleurs et ses joues se creusent. Maman se sent coupable : son travail de nuit ne serait-il pas pour quelque chose dans la santé déclinante de leur enfant ? Papa, une nouvelle fois, se veut rassurant. Cela passera : Jeanie grandit et ses terreurs nocturnes sont normales. Il l'a lu quelque part, dans une revue. Papa est fort. Il le répète sans cesse à Jeanie : fort et protecteur, fort et aimant. Jeanie ne doit pas avoir peur. Papa la prend dans ses bras pour sécher ses larmes, papa l'embrasse pour calmer son petit cœur qui s'affole. Papa, toujours présent.

Jeanie a douze ans aujourd'hui et une petite sœur, aussi brune qu'elle est blonde. Manon a cinq ans et chante du matin au soir, ses bouclettes s'agitent sur sa tête d'enfant et ses taches de rousseur lui donnent un air mutin. Manon est bruyante et rit pour tout, Jeanie ne sourit pas et ne parle plus beaucoup. Maman s'y est faite, elle qui travaille sans relâche de nuit.

Ce soir, comme les autres soirs, maman part, embrassant tendrement chacune de ses filles, gravant leur visage dans son cœur. Elle se rend au chevet d'enfants dont le quotidien est fait de murs blancs et de perfusions. Elle se dit qu'elle a de la chance : ses trésors sont en bonne santé et son mari est aux petits soins pour elles trois. Papa l'embrasse à son tour puis emmène Jeanie et Manon à l'étage. Jeanie entre dans sa chambre tandis que papa va border Manon. Il revient pour poser un léger baiser sur le front de Jeanie et lui promettre de la protéger.

Cette nuit, comme les autres nuits, le sommeil tarde à venir. Jeanie se retourne dans son lit, faisant de sa couette un rempart contre le monstre de la nuit. Elle a chaud, mais pour rien au monde elle ne se découvrira. Elle tremble et d'un seul coup, tous ses muscles se tendent. Le parquet craque. Le monstre de la nuit approche. Il lui dira encore qu'il l'aime, mais il lui fera mal. Il lui dira encore que c'est un secret et que maman ne doit rien savoir. Le parquet craque de nouveau, puis le bruit s'arrête. Il est derrière la porte. Jeanie sent les larmes lui monter aux yeux. Elle serre les poings. Elle sait qu'elle ne pourra rien contre lui. Il est tellement grand, tellement fort. La porte s'ouvre à peine puis se referme. Les pas s'éloignent. Jeanie se sent soulagée, mais tandis qu'elle se détend, elle reconnaît le grincement de la porte de la chambre de sa petite sœur. Alors, une révolte monte en elle, une force la sort de son lit. Jeanie descend dans le salon.

Tout doucement, elle saisit le téléphone et compose le numéro de maman.

Le bourreau et la tondue

Elle est là, assise sur un tabouret. Les épaules un peu voûtées, elle aimerait que ce moment n'ait pas lieu. Elle aimerait se faire petite, si petite qu'on ne la verrait pas, qu'on l'oublierait tout à fait. Elle ne dit rien.

La pièce est lumineuse, trop certainement pour un acte aussi barbare, mais ce n'est pas moi qui décide. Quoique… D'aucuns diront qu'on a toujours le choix. Non. On n'a pas toujours le choix. Parfois, il faut se taire, obtempérer, si ce n'est pour soi, alors pour l'autre.

Elle se tasse davantage encore sur elle-même. Son teint est pâle, ses yeux fuyants. Un miroir se trouve sur sa gauche, elle l'évite. Tout, mais pas ce reflet d'elle-même qui, dans quelques instants, ne la représentera plus. Ce sera alors une autre que la glace lui renverra. Une femme à laquelle on aura ôté, à laquelle j'aurai ôté, une part de sa féminité. Que Dieu me pardonne. Qu'elle me pardonne. Moi non plus, je ne dis rien. Que peut-on dire quand tout concourt à l'impossible ? L'impossible, qu'on repousse, qu'on veut ignorer, sait se rappeler. Sournoisement.

Elle ajuste son pull, nerveusement, et se passe la main dans les cheveux. Ses doigts tremblent un peu. Sent-elle seulement ce qu'elle touche ? Sent-elle la douceur des mèches ? Leur texture fine et souple ? Est-ce un geste qu'elle a cent fois reproduit et qui a le pouvoir de la rassurer, un peu comme ces incantations que l'enfant répète avant de s'endormir, dans l'espoir qu'aucun monstre ne viendra l'enlever dans la nuit ? Agit-elle par ultime coquetterie ? Veut-elle se montrer plus forte qu'elle ne l'est en réalité ? Cherche-t-elle simplement à m'encourager ?

Je la regarde. Sa peau diaphane la rend plus fragile encore.

Je la regarde. Je ne dis rien. Mes gestes sont lents et se veulent rassurants. Elle ne voit pas que moi aussi je tremble. Ce n'est pas facile. Rien n'est facile quand on n'a pas décidé. Pourtant, il faut que cela se fasse. Il faut que j'agisse.

Comme si elle devinait mon angoisse et ma peine, elle couvre d'elle-même ses épaules d'une serviette. Elle agit si rapidement que je ne m'en rends pas compte. Le chemisier coloré qu'elle porte et qui illumine quelque peu son teint anémié disparaît sous un linge blanc brodé de discrètes fleurs roses. Ces fleurs sont comme elle : si on n'y prend pas garde, elles passent inaperçues. Je suis tentée, un instant, de compter les fleurs ou le nombre de pétales de chaque fleur ou la quantité de pétales qu'il aura fallu pour toutes les fleurs, mais j'y renonce. Mon esprit doit se concentrer sur l'acte que je vais commettre.

À mon tour, je passe ma main dans ses cheveux. Je veux qu'elle n'ait aucune crainte. Je prendrai le temps nécessaire pour que cet instant de douleur devienne un instant de douceur, une parenthèse hors du temps et de la souffrance, hors des regards interrogateurs et de la pitié, avant le retour dans la réalité.

Elle est là, assise sur un tabouret. Les épaules un peu plus voûtées. Aucun spectateur pour assister à la dégradation. Aucune moquerie. Aucun quolibet. Aucun rire. La petite pièce est silencieuse.

Aucune plainte n'émane de sa bouche. Aucun sourire n'étire ses lèvres.

Il y a si longtemps que je ne l'ai vue sourire et cela me manque. J'ai envie de pleurer, mais je retiens mes larmes. Ce n'est pas un acte de barbarie que je vais accomplir, mais un acte d'amour.

Je prends la tondeuse.

Je suis assourdie, non pas par le bruit de l'appareil électrique, mais par les cheveux qui tombent et qui, très vite, font à mes pieds un tapis blanc. Chaque mèche qui touche le sol retentit avec violence et fracasse mon crâne plus sûrement que mille trompettes au creux de mon tympan.

Je crois que je parle. Mes phrases sont incohérentes. Je parle parce que je souffre, moi qui n'ai rien.

« Je ne te fais pas mal ? »

Et c'est elle qui me rassure. Elle s'enquiert même de mon bien-être, s'excusant presque. Le monde s'inverse. Le bourreau devient la victime. La victime prend soin de son bourreau.

Je caresse son crâne chauve. Elle baisse encore un peu plus la tête, tournant à présent ostensiblement le dos au miroir. Moi aussi j'évite la surface réfléchissante, tout comme j'évite de croiser son regard. J'ai tellement peur de craquer. À quoi serviraient mes larmes si ce n'est traduire un aveu de faiblesse ? Or, il n'est pas question de capituler ; la guerre est déclarée. Et ma part dans cette lutte est de répondre présente quand elle a besoin de moi.

Je ne perds pas de temps à présent. À la lenteur calculée de mes gestes fait place une dextérité dont je ne me croyais pas capable. Je saisis la perruque aux cheveux courts et la lui pose délicatement sur la tête. Je l'ajuste. Je mets en place quelques mèches désordonnées et ramène les pattes effilées à la naissance de la mâchoire.

Je la force à relever la tête et à me regarder.

« C'est un bon choix. Tu es belle. »

Je la débarrasse de la serviette, l'aide à se relever et l'accompagne jusque dans la cuisine. Elle est épuisée.

Je retourne dans la salle de bain pour ramasser les cheveux, les jeter, les faire disparaître. Rien de cet instant ne doit rester. Son crâne chauve et sa faiblesse, ses douleurs et sa tristesse disent assez sa maladie.

Elle m'a sollicitée pour être son bourreau. J'ai accepté. Je l'en remercie, moi, sa fille de cœur.

Remerciements

Je tiens à exprimer ma gratitude envers Laurie Pruvost, lesillustrationsdelou.com, pour sa contribution aux illustrations intérieures ainsi qu'à la couverture de l'ouvrage.

Table des matières

Imprimé en Allemagne
Achevé d'imprimer en décembre 2023
Dépôt légal : décembre 2023

Pour

Le Lys Bleu Éditions
40, rue du Louvre
75001 Paris

www.ingramcontent.com/pod-product-compliance
Lightning Source LLC
Chambersburg PA
CBHW062344010826
49168CB00024B/258